Nouvelles sur ordonnance

éditions dialogues

Du même auteur

Romans

Noirs en blanc, Éditions dialogues, 2012

Rouge majeur, Éditions dialogues, Prix des lecteurs de Brive 2009

Ton silence est un baiser, Julliard, 2007

Tante Gina, Julliard, 2006

Prix du Lions Club International Paris, 2005

Parfum d'ébène, Julliard, 2004

Cruelles retrouvailles, Julliard, 2002

Prix du roman du Doubs 2002 ; prix Littré 2003 ; mention spéciale du jury, prix du Télégramme de Brest, 2003

Essais

Pitié pour les hommes, Stock, 2009

Tempête sur l'hôpital, Seuil, « L'Épreuve des faits », 2002

La France de l'audace, Seuil, 1999

La Vie devant nous, Enquête sur les maisons de retraite, Seuil, « L'épreuve des faits », 1995

Mauvaise Graine de mandarin, Centurion, 1988

Vivement le doute, Les lettres libres, 1986

Récit

Le Médecin qui rêvait d'être magicien, Seuil, 1997

Prix du centenaire de l'hôpital de Brive, 2003

Certaines de ces nouvelles ont pour origine *Le médecin qui rêvait d'être magicien* (Le Seuil, 1997).

ISBN 978-2-918135-75-3

Denis Labayle

Nouvelles sur ordonnance

Table

Le mensonge amoureux

J'étais arrivé depuis peu dans cet hôpital. Pour consulter, on m'avait attribué le plus petit bureau, au fond d'un couloir, où se concentraient la chaleur de juin, la sueur et les odeurs de pieds.

Lorsqu'elle entra, je sentis un souffle de fraîcheur, une bouffée d'oxygène pour me réanimer. Je venais d'assister à un défilé de robes boudinées, de tee-shirts auréolés, de shorts flasques et de joggings fluorescents. Elle portait une robe blanche sobre, assez moulante, qui économisait autant de tissu en haut qu'en bas. La taille fine, les cheveux noirs légèrement bouclés jusqu'aux épaules, le visage agréablement arrondi, le teint mat, tout en elle évoquait les rives de la Méditerranée.

L'indiscrétion de l'« interrogatoire » médical m'apprit ce que je voulais savoir. Elle s'appelait Fatima Youssef, avait à peine plus de vingt ans et travaillait comme apprentie esthéticienne. Comme je lui demandais de préciser ses origines, elle me déclara :

« Je suis française comme vous, docteur. Mon père est né en Algérie, mon grand-père est mort à Verdun. Quand on l'a mis en première ligne, comme tous les Arabes, on ne lui a pas demandé d'où il venait. »

Son insolence me plut. Puisque la médecine me l'autorisait, je poursuivis mon intrusion dans sa vie privée. J'appris qu'elle était célibataire, vivait avec un petit ami, ne buvait pas d'alcool mais fumait du tabac et du shit à l'occasion. « Du bon », ajouta-t-elle en souriant. Je l'observai, amusé. Elle était jeune, consciente de sa beauté et de son charme, ce qui la rendait aussi fragile qu'arrogante. Je me laissai séduire et continuai à l'interroger en songeant à ce pouvoir inouï qu'offrait la médecine. Dans quelques instants, j'allais pouvoir lui demander de se déshabiller sans qu'elle manifeste la moindre réticence. Cela tenait de la magie. Tout l'art résidait ensuite à ne rien laisser paraître, à garder un regard d'autant plus froid que la vision s'avérait délectable. Secrets inavouables qui restent enfermés entre les murs des cabinets d'examen.

Les troubles dont elle souffrait n'évoquaient rien de précis. De vagues douleurs dans le ventre. Seul leur caractère récent attira mon attention. Je pensai d'abord à des douleurs spasmodiques liées à quelques angoisses existentielles.

Elle laissa tomber en une seconde la robe légère qui l'entourait et me fit découvrir de fines dentelles que je m'efforçai d'ignorer. Elle s'allongea sur la table d'examen. Son corps avait ce rien de rondeur qui donne tant de soucis à une jeune femme et suscite tant de désir chez un homme. Je commençai à palper son ventre avec la discrétion d'un médecin respectueux de ses patients et capable de refouler ses fantasmes.

En une seconde, tout le côté frivole de cette consultation disparut. Sous mes doigts, là, sous la peau fine, à côté de l'ombilic, juste dans la zone douloureuse, je palpai une masse dure, grosse comme une petite orange. Sa topographie n'orientait vers aucun organe précis. Je gardai mon calme, j'évitai de croiser son regard. Mon inquiétude dut me trahir, car Fatima Youssef palpa à son tour la zone malade, cherchant ce que j'avais découvert. Pour me donner le temps de réfléchir, je poursuivis machinalement mon examen, rassemblant dans ma tête les éléments en faveur d'une lésion bénigne. Hélas, j'en trouvai fort peu. Je m'en voulais de m'être laissé aller à quelques fantasmes de séduction. Avais-je oublié un instant qu'on ne venait jamais me consulter par plaisir ? La maladie me rappelait mon rôle avec son incroyable cruauté. Je transpirai de chaleur et d'inquiétude. Je me rendis compte qu'elle me scrutait.

« J'espère que je n'ai pas une saloperie ? »

Je m'efforçai de sourire, lui expliquant que j'avais palpé quelque chose d'anormal mais que la nature exacte de cette lésion restait pour l'instant indéterminée. Il fallait procéder à des examens. J'ajoutai avec maladresse :

« Franchement, à votre âge, on n'évoque pas une saloperie en premier diagnostic. »

Il n'y avait pas cinq minutes qu'elle me questionnait, et déjà je lui mentais. En médecine, les mensonges précoces sont toujours de mauvais augure.

« Alors, quand ? me demanda-t-elle.

– Quand, quoi ?

– Quand faut-il que je vienne me faire opérer ? »

Elle allait trop vite, brûlait les étapes. Je perdis pied. J'ébauchai à nouveau un faux sourire de circonstance. « Nous n'en sommes pas là (deuxième mensonge, me dis-je). D'abord, les explorations. Après, nous verrons. » Elle se redressa, se prit la tête entre les mains pour cacher son désarroi. Brusquement, les larmes aux yeux, elle me fixa, désorientée. « Je n'ai pas envie de me faire charcuter. Je ne veux pas d'une cicatrice en fermeture éclair. »

Contrôlant difficilement mon émotion, je tentai de la rassurer en lui serrant le bras. J'aurais voulu la consoler plus tendrement, mais la blouse que je portais m'imposait la distance, m'autorisait seulement les encouragements maladroits et les mensonges. « Pas de panique. Chaque chose en son temps. Rhabillez-vous, je vais vous expliquer. »

Je n'avais plus aucune envie de l'admirer. En un instant, elle avait rejoint le clan des malades, de ceux qui vous annoncent d'emblée une relation difficile. Je retournai à ma table de travail, et me réfugiai dans la rédaction de l'observation. Lorsqu'elle reprit place en face de moi, son visage avait perdu son sourire insolent. Je me sentis coupable de cette métamorphose et me lançai de nouveau dans une sorte de fausse explication qui se limitait à la description des examens à réaliser. J'entendais garder la parole pour éviter toute question embarrassante. Je m'abstins d'aborder le moindre projet thérapeutique, sachant qu'avec la maladie il fallait prendre son temps et savoir louvoyer. Plus je manifestais de l'assurance, plus je me sentais déstabilisé. Je finis par lui tendre la fiche d'hospitalisation et la feuille de Sécurité sociale pour mettre un terme à notre entretien. Noyée par ce flot de nouvelles, elle resta muette, se leva et me quitta.

J'attendis un long moment avant d'appeler le patient suivant. J'avais besoin de retrouver mes esprits. Une envie de crier : « Pitié, ça suffit pour aujourd'hui. » Je fermai les yeux, espérant découvrir dans le noir les preuves d'un mauvais rêve, mais son parfum flottait encore dans la pièce. Je relus mon observation, fouillant dans mes notes des chances d'espérer. Le doute vint enfin, et je finis par me convaincre que je m'étais trompé. Je m'imaginai entrant dans sa chambre, le lendemain de l'intervention, pour lui annoncer la fin du cauchemar.

Je songeai alors aux autres patients qui attendaient derrière la porte de mon cabinet de consultation avec leurs maux et leur espoir. Je me levai et appelai M. Cipartien, un homme de trente ans que je suivais depuis longtemps pour une maladie chronique de l'intestin et qui me consultait toujours en catastrophe.

L'hospitalisation de Fatima ne se déroula pas comme prévu. Je m'apprêtais à soutenir une patiente accablée et soumise. Mais la jeune femme angoissée de ma consultation s'était métamorphosée. Je découvris une Fatima étrangère, venue d'un monde inconnu qui, en un rien de temps, mit le service en émoi. Sa chambre devint le lieu de rendez-vous de la banlieue environnante. Un défilé permanent de chevelus, frisés, tondus avec même un pseudo-Iroquois d'ethnie indéterminée. Parce que j'avais à leur égard un *a priori* favorable et que je pensais qu'ils soutiendraient le moral de Fatima, je manifestai une grande tolérance. Les murs de la chambre furent rapidement tapissés de posters représentant des groupes de musiciens aux mines patibulaires. Le lit, transformé en canapé, se brisa le deuxième jour sous le poids des visiteurs et dut être changé. Dès quinze heures, il flottait dans la pièce un nuage de fumée où les odeurs de tabac se mêlaient à celle d'herbes moins légales. J'aurais été prêt à beaucoup de tolérance s'il n'y avait eu ce rythme infernal qui transformait, dès treize heures, l'aile droite du service en boîte de nuit permanente et entraînait d'incessants conflits avec le personnel et les familles. Régulièrement, je faisais irruption dans la chambre pour y mettre bon ordre. Je rappelais que l'hôpital demeurait un lieu de soins et que cette règle s'appliquait à tous. Je me trouvais alors entouré d'une bande de faux anges qui me harcelaient. Tous parlaient en même temps, dans la plus grande confusion. « C'est pas nous, m'sieur. – Nous, on fait rien de mal. – Qui vous a dit qu'on faisait du bruit ? – J'suis sûr qu'c'est la grosse, l'infirmière de nuit. Elle sait même pas piquer. Vous avez vu les bras de Fatima ? Non, mais, regardez. » Quand je prenais la défense du personnel, ils changeaient d'adversaire. « M'sieur, c'est le connard d'à côté. Un raciste, ce mec. – Un enculé, ouais. – Nous, on fait chier personne. » Dans le tas, j'en avais repéré deux, particulièrement agressifs. Un grand type maigre aux allures de gitan – cheveux longs, teint brun, petite moustache – qui passait ses journées vautré contre Fatima, à moitié dans son lit ou suspendu à son cou sans la moindre pudeur. J'appris qu'il s'appelait Marcos. Je me demandais comment une belle fille comme Fatima pouvait s'afficher avec un tel individu. L'autre, un petit du nom d'Habib, parlait plus vite qu'un chanteur de rap, et répétait la même phrase quinze fois à la minute pour s'assurer que je l'avais bien entendue. Un jour, exaspéré par le brouhaha, je perdis mon calme. Leurs fausses excuses se transformèrent immédiatement en invectives. « Non mais, t'es qui, toi, mec ? gueulait Habib en m'inspectant de la tête aux pieds. Non mais, t'es qui, toi, pour nous parler comme ça ? Non mais, vous entendez les gars ? » Je hurlai plus fort :

« Maintenant, vous déguerpissez ou j'appelle les flics. » Et j'eus le tort d'ajouter : « Vous ne respectez rien, même pas le repos de Fatima. »

Je la vis bondir hors du lit et se planter devant moi, en tee-shirt et collant noir, avec un air qui n'incitait pas au dialogue.

« Qui vous a dit que j'avais envie de me reposer ? Je ne me sens pas malade. Et puis j'ai besoin d'eux. On ne fait rien de mal. C'est pas la prison, ici. Merde. Si ça continue, je me tire. »

Je la regardai, interloqué. Où était la jeune fille qui s'était mise à pleurer devant moi ? Cette menace de départ m'affola. Pour quelle raison ? Une sorte de blessure narcissique ? L'annonce d'une rupture ? Je devais lui parler, mais seul à seule, pas devant ses amis. Reprenant mon sang-froid, j'ordonnai poliment aux visiteurs de quitter les lieux. Ils obtempérèrent avec une provocante nonchalance, prolongeant volontairement leurs adieux en d'interminables embrassades. Quand la chambre retrouva son calme, je m'assis au bout du lit et attendis un long moment avant de parler. Elle replia ses jambes pour marquer ses distances et regarda ostensiblement par la fenêtre.

« J'veux sortir, m'annonça-t-elle, plaintive. Je me sens en pleine forme et je m'emmerde ici. J'en ai marre de vos examens. » J'évitai de la contredire. « Toutes les infirmières sont des connes et des racistes.

– Là, vous dépassez les bornes. Vous exigez qu'on vous respecte et vous ne respectez rien. D'accord, allez voir ailleurs si l'on tolère mieux votre égoïsme. »

Et je lui lançai : « Maintenant, sachez que vous avez une maladie sérieuse et que vous n'avez pas intérêt à retarder les explorations. » Elle enfouit sa tête entre ses bras et se mit à sangloter. Pourquoi lui avais-je rappelé la réalité ? Était-ce pour reprendre la situation en main ou provoquer son départ et échapper ainsi au spectacle de sa déchéance ? Sa maladie me rendait maladroit. Jamais je n'aurais dû admirer son visage et ses vingt ans. Pour soigner, un médecin doit garder ses distances, contrôler ses sentiments. J'avais failli à cette règle, et maintenant l'idée qu'elle allait souffrir me devenait insupportable. J'étais seul à détenir ce secret, j'enviais ses amis qui riaient en toute insouciance. Leur présence apportait l'oubli, la mienne ravivait l'inquiétude. Je lui pris la main. Elle la retira brusquement. Je la priai de m'excuser et lui proposai seulement d'obtenir de ses visiteurs un peu de discipline. J'étais prêt à tout accepter, même l'impudence du gitan et l'agressivité du petit « rappeur » si, en échange, elle arrêtait de pleurer. Elle acquiesça de la tête entre deux sanglots. J'attendis que s'installe de nouveau le calme entre nous pour me retirer.

Les jours suivants, les examens confirmèrent mes craintes. La tumeur s'avérait plus importante que prévue. Elle était là comme une bête, aspirant silencieusement la vie. On lisait sur les radios sa volonté de détruire. J'eus dès ce jour-là confirmation que la bataille serait longue et l'issue incertaine. Seul l'excellent état général de Fatima me fournissait des arguments pour douter de l'évidence. Inquiet, je tolérais les visiteurs qui la rassuraient et j'interdisais même à l'équipe soignante de les réprimander. Eux seuls avaient quelque chose de gai à lui offrir. De temps en temps, j'entrais dans la chambre et baissais le niveau des décibels. Mais bientôt, je n'eus plus à intervenir.

Je reçus à plusieurs reprises les parents de Fatima. Le père, âgé d'une cinquantaine d'années, grand, le visage fin, cachait son émotion. Cet homme, originaire de Kabylie, se soumettait à la médecine comme à l'islam ou à la France. La mère, éternelle étrangère après vingt ans d'immigration, s'habillait en Bédouine et s'abritait derrière une mauvaise compréhension du français pour refuser mes explications. Après chaque entretien, elle me répétait : « Alors, c'est pas trop grave, docteur ? » Plus la réalité se révélait cruelle, plus l'information se transmettait difficilement. Les parents de Fatima s'en remettaient à la science et à la religion pour accepter l'injustice du sort, l'incertitude de l'avenir et la violence des traitements.

Huit jours plus tard, j'assistai à l'intervention. Après plusieurs heures, j'aperçus entre les champs opératoires, dans le ventre ouvert de la jeune fille, l'obscène lésion, rougeâtre, visqueuse, sorte de méduse violacée qui grinçait sous le bistouri. L'analyse immédiate donna son verdict : une forme rarissime de cancer. Dans la salle d'opération régnait un silence pesant, les chirurgiens limitaient leurs échanges aux ordres professionnels. L'ablation s'avéra particulièrement délicate, la tumeur adhérait à la paroi et aux organes voisins. Quand, dans la plaie béante, il ne resta plus trace du cancer, l'atmosphère se détendit, mais discrètement. Sans la moindre plaisanterie. Tous savaient que la victoire n'était qu'apparente. Ici ou là, quelques cellules invisibles pouvaient se remultiplier.

Fatima passa plusieurs jours en réanimation sous l'influence d'importantes doses d'antalgiques et de tranquillisants, empêchant tout dialogue. Fréquemment, je croisais Habib assis en tailleur à l'entrée du service. Dès qu'il m'apercevait, il se levait d'un bond pour me barrer la route et me poser toujours les mêmes questions auxquelles j'étais bien en peine de répondre. Les renseignements fournis par mes amis spécialistes aboutissaient à la même conclusion : « Tumeur exceptionnelle, mal connue, à mauvais pronostic. À son âge, il faut tout essayer. » De toutes les fréquentations de Fatima, Habib semblait le plus préoccupé. Même Marcos, l'amoureux, ne manifestait pas autant d'empressement. Le jeune rappeur acceptait mal que la science soit aussi imprécise. J'appris peu à peu à connaître cet insupportable provocateur, et découvris en lui un être plus mature qu'il n'en avait l'air.

« T'as pas compris qu'on avait tous la trouille ? me dit un jour Habib. Entre nous, on n'parlait que de ça. Devant elle, on fumait beaucoup et on mettait la musique fort pour oublier. T'as pas compris ? Comment t'dire, Fatima, c'est comme notre sœur. »

Il revendiquait cette position de grand frère pour des raisons qui m'échappaient encore. Il me servit d'intermédiaire auprès des parents de Fatima et me permit de mieux prévoir leurs réactions. J'abordai même avec lui le problème de la vérité que nous devions à Fatima. Nous n'arrivions pas à définir une attitude claire. Et d'abord, quelle vérité ? Moi-même, je ne la connaissais pas. Qui pouvait savoir ? Avec un peu de chance, cette tumeur ne ferait plus parler d'elle, mais il y avait trop d'inconnus pour se priver d'une chimiothérapie. Je n'avais qu'une certitude : un tel traitement aurait des conséquences dramatiques chez cette jeune femme.

Fatima remonta dans le service un mardi midi, heureuse de retrouver ses amis. J'attendis leur départ pour lui rendre visite. Elle somnolait. Je m'assis un moment à côté d'elle pour la regarder. Elle avait le visage fatigué, mais ses traits n'avaient rien perdu de leur finesse. Ses longs cheveux noirs s'étalaient sur l'oreiller. Je ne pouvais chasser cette terrible pensée que mon traitement allait les faire tomber par touffes, jour après jour. Elle ouvrit les yeux.

« Alors, me dit-elle en se redressant, c'est bien une saloperie ? Habib m'a tout dit. »

Je restai silencieux, me contentant de lui prendre la main. Pourquoi Habib lui en aurait-il parlé ? Nous nous étions mis d'accord pour garder le secret. Peut-être, avec Fatima, étions-nous déjà entrés dans cette période de suspicion où le malade prétend connaître la vérité pour mieux la découvrir ?

J'expliquai prudemment la situation en surveillant ses réactions, ignorant les éventuelles indiscrétions d'Habib. Je finis par avouer : « Oui, il s'agit bien d'une tumeur maligne », en évitant de prononcer le mot « cancer », trop simple et trop cruel.

Elle ferma les yeux. Je serrai sa main sans ajouter un mot, maudissant ce métier qui me transformait une fois de plus en messager du malheur. Elle se redressa soudain :

« Il ne faut pas perdre de temps. Je vais me battre. Vous comprenez, je veux vivre. »

Puis elle s'effondra en sanglots, le visage contre l'oreiller. Je l'observai, silencieux. Doucement, ma main effleura sa chevelure, lui caressa la tête. Mon geste l'apaisa. Elle se retourna lentement vers moi, surprise. Je repris mes distances. « On va se battre », lui dis-je avec conviction.

Les jours suivants, en passant devant sa chambre, j'entendis de nouveau des éclats de rire et le vacarme habituel. Je me sentis à la fois rassuré par cet optimisme retrouvé et inquiet de son excès. Personne ne rappela à l'ordre ce groupe d'excités qui permettait à Fatima d'oublier son malheur. La gravité du pronostic pesait sur chaque discussion. Même les loubards avaient fini par perdre leur spontanéité et lorsque j'entrais dans la chambre, j'entendais fuser : « Allez, les gars, taisez-vous un peu... Manu, baisse la musique... Venez, les mecs, on va laisser le toubib. »

Marcos ne s'allongeait plus sur le lit mais se tenait à distance. Habib veillait sur le groupe et servait d'interprète. Il transmettait les nouvelles à la mère, qui imperturbablement me répétait : « Alors, ça va mieux, docteur ? » J'éprouvais pour cette femme qui s'obstinait à nier l'évidence une profonde compassion.

La convalescence de Fatima dura un mois, hors de l'hôpital, près des siens. Pendant cette longue période, je m'efforçai de l'éloigner de mes pensées, mais son visage me revenait, insouciant ou dramatique. Et quand je parvenais à l'oublier, un appel de son père ou une visite d'Habib me replongeaient dans leur angoisse. Au cours d'une de ces rencontres avec le jeune Beur, j'appris que le frère de Fatima, parti accomplir son service militaire en Algérie, l'avait chargé d'assurer l'intérim. Jaloux de Marcos, il ne manquait pas une occasion de le dénigrer, le jugeant indigne de fréquenter « sa petite sœur ». Notre connivence lui donnait de l'assurance et il se présentait aux secrétaires comme « l'ami du toubib ». Au téléphone, je reconnaissais immédiatement sa voix. Il me criait dans le combiné avec son accent de Berbère de banlieue : « Salut, toubib, c'est moi, Habib. »

Il n'avait qu'un défaut, il était bavard et répétait dix fois la même phrase. Pas un instant, il n'imaginait que je puisse être occupé à consulter ou à examiner un patient.

Fatima revint me voir avant sa première cure de chimiothérapie. Je la trouvai en pleine forme, toujours aussi volontaire mais avec moins d'innocence. Elle me montra la balafre qui lui barrait l'abdomen.

« C'est moche, me dit-elle. Ça va rester comme ça ? »

J'étais si heureux de la revoir que je m'embarquai dans des projets de chirurgie esthétique… totalement déconnectés de la réalité. Elle parut satisfaite. Je venais de remettre le doigt dans l'engrenage des mensonges. À peine avais-je terminé mes propositions de chirurgie plastique que je répondais à ses interrogations sur les conséquences de la chimiothérapie. Plus question de tricher sur des symptômes connus de tous : la chute des cheveux, les nausées, la perte de poids, l'épuisement, autant de blessures qui brûlent les résistances une à une et finissent par isoler. Chirurgie esthétique… chimiothérapie… Je devais maintenir le fléau de la balance entre l'espoir et l'absurdité.

« Est-ce que je pourrai avoir un enfant ? » me demanda-t-elle en enfilant machinalement entre ses doigts l'une de ces mèches de cheveux que mon traitement allait bientôt faire disparaître.

Un enfant ? Comment lui avouer qu'il n'en serait plus question ? À vingt ans ! Je ne répondis pas immédiatement. J'aurais voulu que le monde s'arrêtât à cet instant. Prophète de malheur par métier, je devais boire la coupe jusqu'à la lie sans rien manifester. Plus mon esprit se révoltait, plus mon corps devait rester impassible, aussi rassurant que possible. J'épousais de plus en plus le rôle de simple intermédiaire entre la maladie et le traitement. Les experts avaient décidé, je n'avais qu'à exécuter.

Les premières séances se déroulèrent sans grand problème. Fatima supportait les perfusions avec une étonnante volonté. Les infirmières, devenues complices, lui réservaient la chambre du fond où elle pouvait recevoir ses visites sans perturber le service. Je revoyais tous les mois ces têtes devenues familières. Maloud, le grand à la petite barbiche ; Farid, le fumeur invétéré ; Sandra, la petite grosse qui ne tenait jamais en place. Chaque fois, je découvrais de nouveaux visages, quand d'autres disparaissaient ou se faisaient plus rares. Pendant les quatre jours de traitement, l'étage se coalisait pour faire oublier à Fatima la violence des drogues.

Tout se passait bien, trop bien. Avant la quatrième cure, elle me téléphona un soir. À sa voix épuisée, je compris que l'état de grâce venait de prendre fin et que nous allions commencer la longue marche sur le chemin de la souffrance.

Elle vint en urgence à ma consultation. J'eus du mal à la reconnaître. Où était la jeune femme provocante que j'avais connue ? Elle était triste, pâle et avançait difficilement. Elle s'assit avec lenteur, retira son foulard, découvrant un crâne couvert de mèches éparses. Elle frissonnait de fièvre. Je l'hospitalisai d'urgence et imposai aux visiteurs des mesures draconiennes d'hygiène. Un dispositif difficile à faire accepter. À plusieurs reprises, je dus expulser de la chambre ses amis qui, sans la moindre mesure de protection, venaient partager un moment avec elle.

« J'en ai marre de rester seule, me criait-elle. J'ai plus besoin d'eux que de vos saloperies de médicaments. »

Au huitième jour, la situation devint critique, la moelle détruite par la chimiothérapie ne manifestait pas le moindre signe d'activité. Le renforcement des mesures de protection finit par lasser son entourage. Seul Habib resta fidèle au rendez-vous quotidien, mais il écourtait ses passages.

Ce jour-là, j'attendis la fin de journée pour rendre visite à Fatima. Je la trouvai endormie. J'hésitai à repartir, mais l'envie de la contempler effaça ma peur. Assis sur la chaise à côté du lit, je l'observais. Les dernières mèches avaient disparu, laissant apparaître un crâne aussi lisse que celui d'un mannequin de cire. Les paupières fermées, elle paraissait loin des cruautés de la vie. Seules ses joues un peu creuses trahissaient la souffrance. Elle entrouvrit les yeux. Après un instant d'étonnement, elle me sourit.

« Qu'est-ce que vous faites là ? »

Je ne répondis pas. Elle se redressa et mit machinalement sa main sur son crâne.

« C'est horrible, n'est-ce pas ?

– Vous ressemblez à Néfertiti.

– C'est qui ?
– Une reine. »

Elle sourit l'espace d'une seconde avant de retrouver son regard tragique.

« Mes globules blancs ont-ils remonté ? Quand recommence-t-on la chimio ? Je perds du temps avec cette connerie. »

Le charme disparut aussitôt. Je lui décrivis la situation, stable – songeant : « désespérément stable ». Pour éviter de répondre à toute autre question, je renouvelai mécaniquement les précautions d'asepsie et la nécessité de limiter les visites. J'ajoutai, pour lui faire plaisir : « Sauf Marcos, bien sûr, qui peut venir comme vous le souhaitez. » Elle haussa les épaules. « Lui, c'est fini. Ce connard ne supporte pas de me voir tondue. Vous savez ce qu'il m'a dit : qu'on se reverra plus tard quand ça sera fini. Parce que monsieur veut garder de moi l'image de celle qu'il a connue autrefois. Qu'il aille se faire foutre, c'est maintenant que j'ai besoin de lui. En fait, il ne veut pas se faire chier à l'hôpital avec une nana malade. »

Sa voix s'étrangla brutalement de sanglots retenus. Mon mépris à l'égard de cet individu s'en trouva renforcé et l'annonce de sa disparition ne m'attrista nullement.

« De toute façon, ils m'emmerdent tous. Je veux être seule. »

Je me levai.

« Non, je ne dis pas cela pour vous, me dit-elle en me tendant la main. J'ai besoin de parler. Avec eux, c'est impossible. »

Je me rassis. Je ne devais rien dire, seulement me tenir là, à écouter son désespoir. Je répondis à toutes les questions, même les plus difficiles. « Pensez-vous que je vais m'en tirer ? Est-ce que ça va être long ? Est-ce que je redeviendrai un jour comme tout le monde ? Pourrai-je retravailler ? » Je sus qu'elle était rassurée par mes mensonges lorsqu'elle m'affirma : « J'ai follement envie de danser. »

Elle souriait. J'eus l'impression que la période de quarantaine allait se terminer. Malheureusement, en médecine, il ne faut jamais prendre ses désirs pour la réalité. Les jours suivants, les taux de globules blancs restèrent désespérément bas. L'habitude me vint de lui apporter une douceur, un petit plaisir, un rien qui lui laisserait de moi une image différente de celle de l'éternel annonceur de mauvaises nouvelles. Je commençai par lui offrir des cadeaux impersonnels avant de m'enhardir avec des fleurs ou du parfum. J'arrivai un jour avec une panthère en peluche. Bientôt, en me voyant arriver, elle finit par oublier le soignant pour me découvrir aussi marchand d'attentions et d'espoir. Je pus lui parler de choses insignifiantes comme de l'essentiel, dans une complicité qui aurait été impensable si la maladie ne s'était pas installée entre nous.

Pourtant, je quittais rarement sa chambre satisfait. J'évitais de m'interroger pour savoir qui je dupais. L'absurdité de la situation me servait d'alibi et étouffait en moi toute trace de culpabilité. Nous avancions dans un monde sans code, où mon seul repère était le sourire de ma malade. Si je la découvrais en pleurs, répétant « je suis foutue », je n'hésitais pas à m'asseoir à ses côtés et à lui tenir la main, sans un mot, jusqu'à la fin des larmes.

Un soir, je revins en lui annonçant triomphalement : « Le nombre des globules blancs remonte. » Je levai les mesures de protection et, pour lui offrir une pause, reportai la chimiothérapie d'un mois. L'après-midi même, la banlieue revint avec ses rires, sa musique et ses engueulades. Avec cette irruption brutale de vie, mes visites perdirent de leur intimité pour reprendre leur caractère professionnel. Quinze jours plus tard, Fatima quitta l'hôpital entourée de ses amis. Je ressentis curieusement une impression de solitude.

Je la revis en consultation. Elle portait une perruque de cheveux courts, noirs et raides, qui lui donnait l'étrange allure de ces mannequins qui attendent derrière les vitrines leur costume de saison. Le froid lui permettait de cacher son corps amaigri sous un jean et un gros pull rouge.

« Il fait chaud dans votre bureau », me dit-elle en retirant sa perruque.

Elle me surprenait toujours par son audace. Je lui demandai comment elle supportait son handicap.

«Vous n'allez tout de même pas croire que je garde ça toute la journée. Dans la rue, il y a toujours des cons pour me regarder comme un Martien. Quand ils me matent, moi, je leur tire la langue. Ça les calme net. Avec les copains, y a pas de problème. Je vais même en boîte comme ça. »

Jamais je n'avais eu de patient narguant la maladie avec autant d'insolence. Sa beauté gagnait en étrangeté ce qu'elle avait perdu en normalité. Je dus l'observer avec indécence, car une discrète rougeur finit par colorer ses joues anémiées.

« Pourquoi me regardez-vous comme ça ? me demanda-t-elle avec un sourire gêné.

– Excusez-moi, je pensais à autre chose.

– Alors, ce que je dis ne vous intéresse pas.

– Si… Enfin, si vous voulez tout savoir, je me disais que la maladie n'altère en rien votre beauté, elle la transforme, c'est tout. »

Elle rougit de nouveau, se rebella. Je me moquais d'elle. Si, la maladie l'avait minée au jour le jour. Chaque fois qu'elle se regardait dans la glace, elle en découvrait les ravages et ne souhaitait à personne de vivre ce calvaire. Si certains jours elle arrivait à tromper l'évidence, elle passait des nuits à pleurer ses cheveux perdus, son visage creusé, et cette fatigue qui l'empêchait de vivre. Jamais plus elle ne serait comme avant. Elle éclata en sanglots. Je fis des efforts pour ne pas me lever et la prendre dans mes bras. J'aurais voulu la consoler, lui murmurer qu'elle se trompait, qu'elle troublait encore les hommes. Je me réfugiai dans le silence et me contentai de lui dire : « Je m'excuse. » Je repris mon rôle de technicien, d'équilibriste entre la vie et la mort pour lui expliquer le déroulement de la prochaine séance de chimiothérapie. Je fus surpris de son attitude soumise. Elle, autrefois si réticente devant la moindre prise de sang, me demanda s'il ne fallait pas pratiquer de nouveaux examens pour juger des résultats obtenus.

Plus ses questions devenaient précises, plus je mélangeais mensonge et vérité, découvrant que seul le ton de ma voix comptait. Dans ce dialogue permanent avec l'irrationnel, les mots perdent tout leur sens. Le son, le toucher, le regard deviennent les seuls moyens de maintenir l'espoir. Dans ce drame que je vivais au jour le jour, je ressentais le poids d'une immense solitude que n'atténuaient ni les discussions avec mes collègues ni les exigences des autres malades. La nuit, j'en rêvais. La mort devenait omniprésente, au bord du lit, dans un flacon de perfusion, dans le résultat d'un examen de laboratoire, sur le cliché d'une radio.

Les cures suivantes de chimiothérapie se déroulèrent sans complications. La diminution des doses rendit la moelle plus tolérante, et les séjours répétés à l'hôpital finirent par faire illusion. À chaque séance, l'équipe accueillait Fatima comme une malade en voie de convalescence. Plus personne n'évoquait la gravité de la situation. À la fin du traitement, les infirmières lui souhaitèrent bonne chance comme pour un nouveau départ, la fin d'un cauchemar. Je m'associai à cette mystification, sachant au fond de moi-même qu'avec ce type de tumeur, on ne sortait jamais gagnant.

Pendant six mois, je crus m'être trompé. Le corps de Fatima cicatrisait d'une longue blessure. Son visage reprenait son arrondi, sa perruque de cheveux coupés à la garçonne accentuait son air frondeur. Sa voix sonnait d'une nouvelle joie de vivre. Plus je la voyais s'améliorer, plus je la sentais distante. Elle manqua plusieurs fois son rendez-vous.

Les mois passèrent. Je dus un jour me poser la question : fallait-il la soumettre aux exigences de la science qui réclamaient un nouveau bilan ? J'hésitais, retardais l'échéance, mais mes collègues me rappelèrent à l'ordre : le dépistage systématique des récidives est la règle. Je cherchais dans les statistiques des raisons pour réfuter leurs arguments, mais la fréquence de cette tumeur rare n'était pas répertoriée. Je cédai. À contrecœur.

Je l'hospitalisai en juillet. La plupart des amis de Fatima avaient migré vers le Sud ou s'étaient fait embaucher pour un « job » d'été. Même Habib avait disparu avec une association d'aide aux gamins des rues. Seuls les parents de Fatima venaient régulièrement me voir, mais nos rencontres se limitaient à une poignée de main et quelques mots de bienvenue. Son père se réfugiait dans le silence. Sa mère luttait toujours par la négation : « Elle va bien, n'est-ce pas, docteur ? » Nous étions les seuls à connaître la vérité. À chaque rencontre, je trouvais dans leur attitude la marque d'une réelle complicité.

« Nous savons, docteur, que vous faites pour le mieux. Fatima a une grande confiance en vous. »

Cette journée de vendredi avait été étouffante. L'hôpital recevait chaque jour des personnes âgées déshydratées. Ce soir-là, personne ne m'attendait chez moi. Je traînais dans le service assoupi par la chaleur. J'aimais ces périodes de vacances qui me laissaient le temps de discuter avec les infirmières ou les familles en quête de secours, sans être interrompu par les appels téléphoniques. Je réservai pour Fatima les derniers moments de ma journée. Je la trouvai lasse, les yeux dans le vague, dans l'attente d'une certitude qui tardait à venir. Cette hospitalisation pour le bilan de sa maladie la ramenait des mois en arrière. Quelque chose m'inquiétait : depuis peu, elle ne mangeait plus et se plaignait de nausées. Je la trouvais de nouveau amaigrie.

« J'en ai marre », me dit-elle. Je m'assis à ses côtés comme chaque fois que je la sentais fragile.

« Ce n'est pas le moment de flancher. Les premiers résultats sont satisfaisants. » J'inventai, ne disposant que d'éléments partiels.

« Quelle chaleur, aujourd'hui. J'aimerais être au bord de la mer.

– Dans deux jours, tu sortiras.

– Je ne suis pas sûre de tenir. J'ai envie de foutre le camp. Je ne supporte plus l'hôpital. Tous les copains sont partis. J'en ai marre d'être seule. »

Devant le danger d'un abandon, d'un départ précipité, je lui proposai sans trop réfléchir :

« Est-ce que ça te ferait plaisir de manger dans le bistrot d'à côté ? Ça te changera les idées. » Elle me regarda, étonnée, puis avec un sourire depuis trop longtemps disparu :

« Bien sûr, mais...

– Habille-toi, je t'attends dehors.

– Et les infirmières, qu'est-ce qu'elles vont dire ?

– Je leur expliquerai. Je te retrouve dans cinq minutes devant l'hôpital. »

Je quittai la chambre sans bien comprendre les raisons de ma proposition. Pourquoi avait-elle jailli comme un désir profond ? Je justifiai ma folie par la folie du sort, par l'envie de pactiser un instant avec la magie du rêve. J'en ressentis un plaisir trouble. J'avertis l'infirmière que je conduisais Fatima chez ses amis et signai un bon de sortie jusqu'à minuit. Je retournai prestement dans mon bureau, quittai ma blouse et attendis dans ma voiture, un peu à distance, comme un amant inquiet.

Fatima apparut en jean et chemisier blanc. Elle m'aperçut et courut dans ma direction. Elle claqua la porte en criant : « Allez, on fout le camp. » Où était la malade que j'avais quittée quelques instants plus tôt ? Avec sa perruque à cheveux courts, j'eus l'impression d'enlever une collégienne. Je me laissai envahir par une ivresse liée à un mélange d'aventure, de provocation, de risque amoureux... et surtout d'une envie irrésistible de narguer la maladie.

Le bistrot était fermé pour cause de vacances. J'en profitai pour l'emmener plus loin, dans un autre cadre, là où la vie ne l'avait jamais invitée, un restaurant avec vue sur la Seine. L'ambition de donner au rêve sa vraie dimension. Malheureusement, l'établissement bénéficiait de la défection de ses confrères et j'obtins difficilement une table. Était-ce notre différence d'âge ou la beauté de mon invitée ? Notre entrée fut remarquée et je perçus chez Fatima un agacement qui signifiait que j'avais fait fausse route : mon désir n'était pas le sien. Elle commanda un apéritif et souhaita boire du vin. «Je veux me saouler», m'annonça-t-elle avec un sourire un peu forcé. Dans ce face à face dont j'avais rêvé, je ne trouvais plus les mots pour la distraire. Aucun sujet abordé ne semblait l'intéresser. Nous évitions de parler de sa maladie, mais cette exclusion la rendait omniprésente. Elle, qui nous avait réunis, exigeait son dû. J'évoquais Habib et sa sollicitude. Fatima eut pour lui des mots d'une grande tendresse. J'appris que le jeune « rappeur » avait déjà passé six mois en détention pour vol et recel, comme beaucoup d'habitants de la cité. Des jugements qui frappaient la plupart des familles. Chaque samedi, les sœurs et les mères se rendaient en groupe dans les parloirs des prisons. Un rituel.

Fatima parlait peu, mais vidait des verres de vin, les uns après les autres. D'elle, je découvris peu de chose. Elle vivait libre depuis son enfance, avait fréquenté des copains par dizaines. « Dans la rue, on baise tôt. » Ce qu'elle trouvait normal me blessait. Nous étions comme deux étrangers ne parlant pas la même langue. Je me taisais et me contentais de lui prendre la main. Elle se laissa faire et m'offrit pour la première fois un sourire complice.

«J'ai envie de faire l'amour», me souffla-t-elle. Je retirai ma main devant la brutalité du propos.

«Je ne t'ai pas invitée avec l'idée de baiser.»

Elle devint furieuse et s'écria:

«Je n'ai jamais parlé de *baiser*, j'ai dit *faire l'amour.*»

Je lui demandai de baisser d'un ton car les voisins commençaient à se retourner.

«Je m'en fous de tous ces cons.

– Fatima lui dis-je sur un ton faussement professionnel, si nous faisions l'amour, je ne pourrais plus te soigner.»

Elle haussa les épaules.

« Et pourquoi ? Ça fait longtemps que j'y pense. Et toi aussi. Dès le premier jour, j'ai vu comment tu me reluquais. Je ne suis pas aveugle. Alors, tu veux bien ? »

Je repris sa main, la caressai lentement. Je me trouvai stupide. « Fatima… »

Je baissai les yeux comme un adolescent inexpérimenté.

« Fatima, je ne peux pas… J'aurais l'impression d'abuser de… »

Elle eut un rire rageur.

« De quoi ? Les toubibs se farcissent bien les infirmières. Alors pourquoi pas une petite Beur de banlieue ?

– Arrête ! Tout cela, c'est du cinéma. J'éprouve pour toi une profonde affection. Mais je suis chargé de te soigner.

– De la connerie, tout ça. Pourquoi foutre toujours la maladie entre nous ? J'en ai marre d'être considérée comme une crevarde. C'est la première fois que je dis à un type que j'ai envie de faire l'amour avec lui et qu'il refuse… J'ai soif, donne-moi du vin. »

Je demeurai silencieux, mesurant l'absurdité de mon indécision. Je regrettais cette invitation. Elle avait raison, j'étais incapable de me libérer ne serait-ce qu'un moment de cette peau de médecin.

« J'ai envie de me tailler. Et ce type derrière qui n'arrête pas de me mater. Il veut ma photo, ce con ? »

Je n'eus pas le temps de réagir. D'un geste brusque, elle avait retiré sa perruque et fixait l'importun avec arrogance.

« Je t'en prie, Fatima, oublie cet imbécile. »

La scène anima l'ensemble des tables et j'entendis dans mon dos un bourdonnement de réflexions. Fatima tourna lentement sa tête dénudée pour mieux exposer son crâne aux regards des voyeurs. Après quelques secondes de malaise, j'admirai son audace et me sentis solidaire de sa bravade. Je remplis son verre. Un maître d'hôtel vint nous expliquer, tout gêné, que certains clients ne supportaient pas le spectacle, et supplier Madame de bien vouloir reprendre une attitude plus conforme aux exigences de la maison. Le pauvre homme avait l'air si désemparé que Fatima obtempéra et salua la salle avec ostentation.

« On sc taille. Je les ai assez vus. »

Je me levai et pris Fatima par le bras pour atteindre au plus vite la sortie. Paradoxalement, cette scène avait dissipé notre malentendu et rétabli entre nous une certaine connivence. Un plaisir de vivre hors norme. Chacun avec ses références.

Je déposai Fatima devant l'hôpital, et m'excusai de la tournure de la soirée. Elle m'interrompit brusquement en déposant sur mes lèvres un furtif baiser, puis ouvrit la porte et disparut. Je rentrai chez moi sans savoir vraiment ce qui l'emportait de la résignation ou du regret.

Les jours suivants, les examens révélèrent le pire. Silencieusement, la bête avait fait des petits, trop nombreux pour être opérables. J'étais effondré. La chimiothérapie se révélait être un échec total. Les hospitalisations, les nausées, la calvitie, la fatigue, l'isolement : autant de sacrifices et de souffrances inutiles. Je me répétais : pas elle, pas à vingt ans, pas Fatima. Le découragement laissa place à la colère. Mais contre qui, contre quoi ? Contre la cruauté du sort, contre ce métier inhumain qui me faisait intermédiaire d'inutiles tourments. Décidément, jamais je ne m'y habituerai.

Et que lui dire ? Qu'elle était foutue ? Que les traitements n'avaient servi à rien ? Que la science s'avérait impuissante ? Qu'il n'y avait qu'à attendre la fin ? Non, bien sûr. On continuerait la comédie de la vérité-mensonge, de l'espoir démenti, de la fausse assurance au jour le jour pour oublier le passé et éviter l'avenir. Parler sans parler. Se limiter à une présence. « Accompagner », comme on dit aujourd'hui... Mais vers quelle destinée ? Suivre les chemins de la déchéance avant le départ solitaire vers les sables mouvants ? J'eus au moins une certitude, je ne la laisserais pas s'enliser.

Le jour de sa sortie, elle m'attendait, impatiente de connaître le verdict. Ses questions, plus pressantes qu'à l'ordinaire, furent entrecoupées d'inquiétants « vous me le jurez ? ». Que n'aurais-je pas promis pour lui garantir un peu d'oubli ? Je jurai n'importe quoi, j'aurais vendu mon âme pour qu'elle garde un peu d'espoir. J'avais téléphoné la veille dans toutes les directions en quête d'un dernier secours. Les spécialistes de la chimiothérapie baissaient les bras, ceux de l'« accompagnement » prônaient leurs théories, les psychiatres offraient leurs conseils tactiques. J'étais seul, comme on l'est toujours dans ces circonstances. Je la laissai sortir avec quelques comprimés pour réduire l'angoisse et un rendez-vous assez lointain pour ne pas l'inquiéter. Je la sentis rassurée.

Les semaines suivantes, elle ne se présenta pas à ma consultation. Rien. Pas même un coup de téléphone. Cette absence me la rendit encore plus présente. Je songeais constamment à elle, me retenant de l'appeler. Je devais accepter la distance, respecter son besoin d'oublier. Je patientais plus d'un mois avant d'entendre un jour Habib au téléphone. Les nouvelles se résumaient à « fatiguée, mais bon moral ». Je n'en demandais pas plus. Je ne proposai rien, pas même un rendez-vous. Après tout, je savais que la maladie aime parfois se jouer de nos pronostics. Tout médecin connaît des histoires incroyables de patients ayant survécu des années malgré le développement de volumineuses tumeurs. D'une façon habituelle, je ne fixais jamais d'échéance aux familles par risque de me tromper.

J'attendis. Deux mois s'écoulèrent sans autre nouvelle que les coups de téléphone d'Habib de plus en plus brefs et suffisamment impersonnels pour m'inquiéter. Ce n'était pas dans ses habitudes. Lui si loquace, si répétitif dans ses affirmations se limitait à des « ça va ». L'art du mensonge ne s'improvise pas. Je craignis le pire. Plusieurs fois je fis son numéro de téléphone mais reposai le combiné avant d'entendre décrocher. J'espérais et redoutais la rencontre.

Elle revint un soir en urgence, elle vomissait depuis plusieurs jours et j'eus du mal à la reconnaître. Les joues creuses, les yeux hagards, la bouche hébétée. Je l'examinai : les tumeurs sortaient de partout. De la jeune femme que j'avais connue, il ne restait qu'un vague souvenir, assez présent pour être encore cruel. Je lus dans son abandon un appel au secours. Je commençai alors, avec elle, un long dialogue silencieux. Pas une question, pas même celle de savoir pourquoi elle avait tardé à me faire signe. Elle finit par avouer : « Je n'en peux plus. » Je hochai la tête avec compassion :

« Je te le promets, tu ne souffriras plus. »

Elle ébaucha un sourire. Je retrouvai subitement sa volonté de lutter. J'ordonnai perfusions, antalgiques, tranquillisants, tout ce que la science m'accordait pour entamer l'ultime bataille. J'entendais ne plus céder un pouce de terrain à la souffrance. Dehors, je retrouvai ses parents et Habib. Effondrés, silencieux. Pour eux aussi, les mots n'avaient plus de sens. Je pris Habib par l'épaule et lui précisai la situation.

Pendant quelques jours, nous assistâmes à une accalmie. La morphine jouait son rôle et je pus obtenir de Fatima quelques sourires. J'avais de plus en plus de mal à la regarder sans avoir la gorge serrée. Chaque jour, avant d'ouvrir la porte de sa chambre, j'étais pris d'appréhension et je devais me concentrer pour garder un semblant de naturel. Les seuls sujets qui apaisaient Fatima se rapportaient aux vacances, au soleil, à ses multiples amis, aux jours heureux, à notre relation.

« Je pense très souvent à cette soirée au restaurant, me dit-elle un jour. C'était super.

– J'en garde aussi un merveilleux souvenir… Parfois avec un certain regret. »

Elle se mit à rire.

« J'avais un peu bu. »

Les jours suivants, les douleurs réapparurent. J'augmentai les doses de morphine. Je tenais Habib au courant de l'évolution. Il restait mon seul interlocuteur, les autres avaient presque tous déserté. Parfois, tout se mêlait dans sa tête, il me parlait d'elle au passé. Il m'appela un dimanche midi, de l'hôpital.

« On ne peut plus la laisser comme ça, toubib, gueulait-il. Elle t'appelle. Elle veut en finir. Viens, c'est urgent. »

Je roulai comme un fou. J'étais déterminé à ne plus laisser la souffrance la torturer. Depuis plusieurs jours, je savais que le moment décisif approchait. L'appel d'Habib m'en donna le signal. Dès mon arrivée dans le service, il me prit à part :

« Elle t'attend. T'as promis… »

Le père de Fatima me serra la main. « Elle n'en peut plus… »

Je ne répondis pas et j'entrai dans sa chambre. Les paupières fermées, le visage pâle, inerte, les bras allongés, elle semblait déjà ailleurs. J'eus l'impression que ses tumeurs avaient encore grossi, ou peut-être était-ce sa maigreur ? Elle releva lentement ses paupières et fit des efforts désespérés pour m'offrir une ébauche de sourire. Sa main me parut froide et d'une extrême fragilité. Les doigts ne bougeaient plus. Je la caressai. Cette fois-ci, je frôlai sa joue, ses lèvres. Lentement ma main longea son cou, ses épaules. Je songeai à notre soirée, à ces gestes que j'avais retenus. Elle voulut me murmurer quelques mots, j'eus du mal à les comprendre.

Je la pris dans mes bras, la serrai contre moi doucement de peur de la briser. J'eus peu à peu l'impression que ma présence l'apaisait, mais une torsion de sa bouche me prouva le contraire. Elle répéta : « J'en peux plus... », avec dans le regard inscrits les mots « aide-moi ».

Je sortis de la chambre et préparai moi-même, avec des gestes mécaniques, cent fois répétés dans ma tête, ce qu'il fallait pour mettre un terme à la barbarie. L'infirmière m'observa, m'aida à trouver les drogues. Sans un mot. Je retournai dans la chambre suspendre le flacon, puis j'attendis à ses côtés en lui serrant la main. Longtemps, calmement, jusqu'à ce que se termine le goutte-à-goutte et qu'une douce fraîcheur envahisse sa peau. Les larmes me brouillaient la vue. Je quittai la pièce, embrassai Habib et les parents de Fatima sans prononcer un mot. Je n'avais qu'une envie : fuir.

Bistrot

« Depuis la mort de son fils de quinze ans dans un accident de moto, mon ami Jean Lentour s'abandonne à la boisson. Je compte sur toi. »

La lettre était brève mais suffisamment éloquente pour que j'imagine l'ampleur des dégâts. Elle était signée par l'un de mes fidèles confrères. Je la repliai et me sentis immédiatement désarmé. Comment contrecarrer une telle souffrance, comment imaginer faire contrepoids à un tel processus de destruction ? Je savais toutefois qu'en matière d'alcool, l'avenir restait imprévisible. Avec certains maux, il faut se contenter d'être là, juste pour en limiter les nuisances.

Le patient que je reçus ne présentait pas les stigmates habituels d'une intoxication alcoolique. Âgé d'une quarantaine d'années, grand, maigre, les tempes dégarnies, il était vêtu d'un complet gris, d'une chemise blanche et d'une cravate verte à rayures. Il se présentait comme un homme plutôt bien implanté dans la société, bénéficiant même d'une certaine aisance. Je l'aurais cru en pleine santé s'il n'avait eu le geste lent, un léger tremblement de la main et le regard fixe. Il occupait un poste d'ingénieur dans une firme internationale d'électronique. Parti du bas de l'échelle sociale, il avait gravi les échelons grâce à son travail. Tout lui avait souri jusqu'au jour de l'accident. Dans sa façon de m'exposer son curriculum vitae, il n'y avait cependant aucun sentiment de réussite. Le traumatisme lié à la mort brutale de son fils ne se limitait pas à l'absence, il avait engendré une terrible culpabilité. Trop préoccupé par son ascension professionnelle, il lui semblait avoir négligé celui qui grandissait à ses côtés et avoir vécu dans la quiétude de ceux qui s'imaginent pouvoir un jour rattraper le temps perdu. Sa promotion en avait un goût amer.

Depuis un an, il buvait de l'alcool, non pas du whisky dans la solitude de son domicile comme les gens de sa classe sociale, mais du bas de gamme, au comptoir. Sa journée démarrait à six heures du matin. Il arrivait à l'ouverture du bistrot. Un petit café au coin de sa rue. « À cette heure-là, me dit-il, il n'y a que les habitués. » À huit heures, après avoir absorbé « je ne sais combien » de verres, il se rendait à son bureau avec son attaché-case. Par chance, il n'avait jamais cessé de travailler. Était-ce le privilège du poste, la stabilité de la fonction ou la solidarité de ses collègues face au drame ?

À dix-huit heures, Jean Lentour ne rentrait pas chez lui. Finies les soirées passées à étudier des dossiers. Il ne lisait plus, ne dînait plus, mais buvait au café jusqu'à l'oubli. Il regagnait son domicile tard dans la nuit. Je m'inquiétai de son entourage familial, la cohabitation avec un malade alcoolique devenant rapidement insupportable.

« Ma femme me dit souvent : "Nous vivons un terrible cauchemar, mais tous les rêves ont une fin." Actuellement, ajouta-t-il, si j'arrêtais de boire, je me tuerais. »

Il évoqua de nouveau l'accident de son fils et se mit à pleurer.

« Excusez-moi », dit-il en essuyant ses larmes.

Je profitai de ce moment pour lui proposer mon aide et une hospitalisation pour débuter le sevrage. Il refusa. « Pas tout de suite. Si je m'absente, ma direction se fera un plaisir de me mettre au placard. J'ai besoin de travailler pour m'en sortir. »

Je lui conseillai de prendre contact au plus vite avec un psychothérapeute et m'apprêtai à rédiger une lettre destinée à un ami spécialisé dans la prise en charge des malades alcooliques.

« Franchement, que voulez-vous que je dise à un psychiatre ? Il ne me rendra pas mon fils. Et je n'ai pas envie d'en reparler. Je bois justement pour oublier. »

J'évoquai alors l'intérêt des associations d'anciens buveurs. Il fut catégorique :

« Pour ruminer en groupe ses malheurs, non, merci. » Je finis par avouer mon impuissance. Que pouvais-je lui offrir d'autre ? Je n'étais pas magicien. « Pourquoi voulez-vous absolument m'adresser à l'un de vos confrères ? C'est de vous dont j'ai besoin. »

Il avait raison. Désarmé par la gravité de sa situation, j'essayais de fuir. Les multiples réticences qu'il manifestait ne me laissaient rien présager de positif. Nous nous mîmes d'accord sur un programme de consultations sans très bien savoir où cela pouvait nous mener.

À ma grande surprise, pendant un an, il revint régulièrement me voir, mais pour reconnaître chaque fois avec une franchise désarmante qu'il continuait à boire. Si un jour je notais avec satisfaction qu'il avait légèrement diminué sa consommation, la fois suivante je constatais qu'il l'avait reprise de plus belle. Quand je le questionnais sur l'état de son moral, il restait un long moment silencieux, comme s'il cherchait une réponse simple pour me faire plaisir. Il finissait par hausser les épaules, et systématiquement me reparlait du bistrot. Dans sa bouche, ce lieu devenait magique. J'en vins à me demander de quoi il était le plus dépendant, de l'alcool ou du bistrot.

« Ce café, me dit-il un jour, c'est ma bouée. »

La présentation de ce lieu comme moyen thérapeutique finissait par m'agacer. Pour avoir soigné beaucoup de patients alcooliques, je n'étais pas dupe de la fausse complicité entre piliers de bistrot, et de cette prétendue chaude ambiance où l'on se détruit en groupe dans une incroyable solitude. Cette présentation idyllique me déstabilisait. Je ne pouvais croire que ses compagnons de dérive puissent être autre chose que nocifs. Et je finissais par les considérer comme des rivaux. Que je sois inutile, soit. Mais que ces poivrots lui apportent quelque chose tenait de la provocation.

« Venez un jour, vous comprendrez. » Je n'avais pas l'habitude de sortir de mon rôle de thérapeute. Mais la situation était bloquée, et ces lieux de destruction qui me fournissaient tant de patients avaient toujours exercé sur moi une certaine fascination. Après bien des hésitations, je décidai un samedi matin d'aller jeter un coup d'œil du côté des Gobelins.

À un angle de rues, je découvris une sorte de café d'après-guerre qui n'avait pas encore fait sa mutation, pas de véranda en aluminium ni de grandes vitres extérieures. Un vieux troquet aux panneaux de bois couverts d'une peinture jaunâtre écaillée et, derrière les vitres, des rideaux en dentelle mal tendus. Parmi les consommateurs, je n'aperçus pas mon client. Je poussai la porte. Un tintement de clochette me souhaita la bienvenue. À l'intérieur, l'espace paraissait plus grand qu'en façade. Devant le bar, une dizaine de clients discutaient bruyamment. Jean Lentour m'avait tant parlé de l'endroit que j'eus l'impression de le reconnaître. Je m'installai à l'une des tables en bois noir, placées le long du mur. Au fond de la salle, un groupe de vieux tapait le carton. Derrière, on pouvait apercevoir un billard abandonné dans une semi obscurité.

Le barman, chauve, petit, épais, vint à ma rencontre.

« Qu'est-ce que je vous sers ? »

Il m'apporta un café et retourna discuter avec sa clientèle. Parmi les consommateurs, certains avaient autour de la trentaine, la majorité semblait plus âgée. Trois hommes trapus, aux allures de déménageurs, entouraient une femme malingre vêtue d'une gabardine d'un beige douteux. Avec sa coiffure mal frisée, elle ressemblait à Édith Piaf en fin de carrière. La clochette tinta, et Jean Lentour apparut. Il ne m'aperçut pas et se dirigea vers ses compagnons de comptoir.

« Ça y est, les amis, s'écria-t-il, Goliath a repris connaissance. »

Toute la communauté entoura mon patient. Jean Lentour leur expliqua que le malade avait ouvert les yeux et commençait à parler. J'écoutais sans comprendre. Je saisis bientôt qu'un convoi s'organisait pour se rendre à l'hôpital. Gégé emmènerait dans sa voiture Geneviève, Moustique et les frères Marceau, Marc prendrait « petit Martin », Bob et Paul. La Tige et les autres s'entasseraient dans la camionnette d'Albert.

« Et moi ? s'écria le barman.

– On te racontera. »

On vida les verres, certains offrirent une nouvelle tournée pour fêter l'événement. C'est alors que Jean Lentour se rendit compte de ma présence et se dirigea vers moi.

« Je ne vous avais pas vu. Alors, vous vous êtes décidé à venir. C'est sympathique de votre part… Vous tombez bien. L'un de nos amis a eu un accident la semaine dernière. Son état s'améliore et les visites sont maintenant autorisées. Si aller à l'hôpital un jour de repos ne vous ennuie pas trop, joignez-vous à nous. Un médecin, c'est toujours utile pour obtenir des renseignements. »

Convaincu par cet argument, j'acceptai sans trop réfléchir.

« J'ai remarqué, lui dis-je dans la voiture, qu'on vous appelait "Professeur".

– Lorsque j'ai commencé à fréquenter le bistrot, je ne parlais à personne, je m'asseyais dans un coin et vidais mes verres en silence. Pendant plusieurs semaines, ils m'ont observé sans rien dire. Ils se demandaient qui était ce type bien habillé qui venait tous les matins ici avant d'aller travailler. Comme j'avais l'air d'un intellectuel, ils m'ont baptisé "Professeur". Chacun de nous a hérité avec le temps d'un nouveau nom. L'ami que nous allons voir se nomme René. Pour nous, c'est Goliath. Une force de la nature. Un artisan maçon qui est tombé d'un toit. Il est resté quatre jours dans le coma. »

Le cortège de voitures s'arrêta à l'entrée de l'hôpital. On se rassembla comme pour une manifestation, et on se dirigea vers le hall.

« Où allez-vous ? » demanda l'hôtesse d'accueil, inquiète de cette brusque irruption.

Sans fournir de réponse, le groupe s'engouffra dans les ascenseurs, dans une ambiance peu conforme aux exigences hospitalières.

« Non, messieurs, vous ne pouvez pas tous entrer, les visites sont limitées à trois personnes, au maximum. »

Suivit un brouhaha incroyable pour définir la composition de la délégation. Tous voulaient y participer. Finalement, il fut décidé de rendre visite à Goliath par vagues de trois, en limitant l'entrevue à dix minutes pour ne pas fatiguer le convalescent. En tant que médecin, j'eus le privilège de faire partie de la première fournée.

La réputation de Goliath n'était pas surfaite. Son corps, large comme un tonneau, débordait du lit de réanimation. Il était relié à toutes sortes de machines par une forêt de tubulures.

« Ah, les amis, soupira-t-il, les larmes aux yeux. C'est sympa d'être venu. J'ai bien cru que je ne vous reverrais plus. Et les autres, comment vont-ils ?

– Ils sont là, dehors, à attendre leur tour pour te faire la bise. »

Goliath avait un thorax proéminent que prolongeait d'un bloc sa tête de taureau.

« Vous savez, je reviens de loin. Imaginez-vous, l'autre jour, j'étais encore dans les vapes, incapable de bouger, même pour ouvrir un œil. Je les entendais, ces salauds de toubibs. Ils se demandaient si je n'étais pas déjà mort et s'il ne fallait pas me débrancher. Absolument, comme je vous le dis. Je voulais gueuler : "Faites pas les cons, les gars, j'ai des copains qui m'attendent." Mais impossible de sortir le moindre mot. Du côté du cerveau, ça fonctionnait. Mais le corps, rien. Impossible de bouger. Je sentais qu'ils hésitaient. Alors, je me suis dit : "Goliath, faut faire un petit signe à ces messieurs pour leur montrer que tu vis encore." J'ai pensé très fort à vous, les gars. Et quand l'un de ces deux lascars s'est penché vers moi pour vérifier si j'étais encore vivant, j'ai réussi à soulever une paupière et à lui faire un petit clin d'œil. Alors là, j'ai parfaitement entendu : "Ça va, il réagit encore." Je vous jure que c'est vrai. Si je n'avais pas pensé très fort à vous, je ne serais plus là. »

On l'embrassa.

« Messieurs, je vous en prie, un peu moins de bruit. »

Dès que l'infirmière fut sortie, le colosse s'écria : « J'ai pas de chance, les gars. J'ai la plus moche et la plus casse-pieds. »

Chaque visiteur avait apporté une petite douceur pour remonter le moral de Goliath.

« Messieurs, veuillez rembarquer tout cela, une chambre de malade n'est pas une épicerie. »

Il fallut reprendre le vin de Gérard, les pâtés des frères Marceau, le bocal de rollmops de l'ami Paul, les sardines de Petit Jean, la tarte de Louise et la bouteille de pastis de Martin. Ce ne fut pas perdu pour tout le monde. Les émotions avaient creusé l'appétit. Aussi, dans la salle d'attente, la troupe affamée commença à grignoter les présents. Je participai bientôt au pique-nique. Tout se passait dans la bonne humeur, on avait même invité deux inconnus en pyjama qui passaient par là.

« Messieurs, s'écria une gradée en blouse blanche, l'hôpital n'est pas une cantine. Je vous serais reconnaissante de quitter les lieux. »

Décidément, l'endroit manquait sérieusement d'hospitalité. Mais cette fois le groupe ne se laissa pas faire, et la gradée, avant de terminer ses remontrances, reçut un flot d'insultes qui la fit rougir et battre en retraite. Plus personne ne vint troubler nos ripailles. Je riais en moi-même de cette nouvelle situation. Je n'étais plus médecin, mais visiteur, dernière recrue de la bande. On m'appelait seulement « le toubib » quand il s'agissait de faire circuler le vin ou le pâté. J'observais Jean Lentour. C'était indiscutablement le chef d'orchestre, la pensée du groupe, le prince des gueux, et je commençais à comprendre son attachement à ce bistrot. Ce lieu l'enfonçait et le sauvait à la fois. La tâche me parut encore plus ardue. J'avais devant moi de vrais rivaux.

« Venez, me dit-il, je vais vous présenter à Moustique, un ancien marchand de charbon, devenu le roi de la poubelle. Sa femme est partie avec un épicier arabe. Depuis, il vit à la cloche. »

L'homme, petit, mal rasé, flottait dans un imperméable crasseux qui tombait jusqu'à terre.

« Pour gagner sa croûte, Moustique a trouvé un moyen astucieux : il sort les poubelles des immeubles, le matin aux aurores, moyennant quoi les concierges lui donnent la pièce.

– Je n'en serais pas là, s'écria Moustique, s'il n'y avait pas tous ces putains d'Arabes.

– Arrête, Moustique, ça ne te ramènera pas ta femme. »

Moustique se versa un verre de vin et entama son sandwich. La bouche pleine, il me vanta toutes les subtilités de sa profession. Chaque jour, il découvrait parmi les ordures des merveilles qu'il vendait dans les bistrots du coin. Tout le quartier attendait l'objet du jour, un vieux livre, une assiette ébréchée ou un quarante-cinq tours d'Elvis Presley. Il trouvait toujours preneur.

« Faut pas seulement compter sur la chance. Là aussi, faut être "pro". Il y a des jours où ça rapporte plus que d'autres. Les week-ends, par exemple, les gens boivent plus et jettent leur vaisselle dans la poubelle en débarrassant la table. Le dimanche matin est le meilleur jour pour les petites cuillères, les couteaux, les fourchettes en argent. Il y a mieux encore. Le soir, je me promène dans les couloirs des immeubles et j'écoute aux portes. Je repère les appartements où ça s'engueule. Après une bonne bagarre, c'est rare qu'on ne découvre pas le lendemain dans la poubelle des objets de famille, de la vaisselle, des bijoux ou même de l'argent. Les petites disputes, moi, ça me rapporte. Tu vois, Toubib, faut connaître. »

Moustique s'enfila un coup de rouge dans le gosier.

« Les amis, s'écria Jean Lentour, on quitte les lieux. »

On plia bagage en abandonnant quelques bouteilles vides et les boîtes de conserve. Il fallut soutenir le dénommé La Tige, un grand maigre qui vidait les verres plus vite qu'il ne les remplissait. J'appris qu'il s'agissait d'un ancien surveillant de lycée. De retour au bistrot, les habitués reprirent leur place et poursuivirent leur tournée pour fêter le retour de Goliath à la vie. Jean Lentour m'invita à m'asseoir à une table à l'écart.

« Voici mon univers, docteur, me dit-il. Ici, je me sens chez moi. Ces gens-là ne me jugent pas. Ils m'ont accueilli comme je suis. Je les connais tous. Vous n'imaginez pas la somme de misères qu'il peut y avoir autour de ce bar. Mais chacun sait que, si un jour il perd les pédales, les autres seront là pour l'aider. Croyez-moi, c'est exceptionnel. Dans ma vie professionnelle, tout le monde se tire dans les pattes. Bien sûr, ici, ils se détruisent, ils le savent. Mais, sans l'alcool, leur vie serait peut-être pire. Quand on descend en enfer, mieux vaut y aller à plusieurs. »

La porte s'ouvrit et une femme d'une quarantaine d'années fit irruption. Elle avait des cheveux longs mal peignés et semblait sortir de son lit. Elle portait une jupe mauve et une veste trop longue.

« Ah, voilà la mère La Tige, c'est son heure. Vous n'allez pas être déçu.

– Où est-il, mon salaud ? » gueula-t-elle à la cantonade.

Tous se tournèrent vers elle avec des sourires amusés de badauds prêts à assister au spectacle. La furie se dirigea vers son homme, qui tentait de disparaître derrière ses comparses.

« Françoise, je t'en prie, lui cria le patron, pas de scandale. Ici, t'es pas chez toi.

– Toi, l'empoisonneur, la ferme ! lui cria-t-elle.

– Alors, on est jalouse ? demanda Louise, la petite femme du groupe.

– La pute, va te faire baiser ailleurs.

– La Tige, ordonna le patron, emmène ta femme dehors. J'en ai marre de vos scènes de ménage.

– Tu te caches, minable ! hurlait la femme en mauve. T'oses pas te montrer. T'es qu'un lâche. »

La Tige sortit du groupe et assena à sa femme une gifle qui la fit vaciller. Je m'apprêtai à intervenir lorsque Jean Lentour me saisit par le bras.

« Laissez, inutile de s'interposer. C'est quotidien. Ils en ont besoin. Ça aussi, c'est notre univers. »

En une seconde, la femme avait saisi un broc d'eau qu'elle lança avec une incroyable violence. La Tige reçut l'objet dans l'épaule et se mit à grogner comme une bête blessée. Il se précipita sur elle. Ce fut la mêlée.

« Allez, tout le monde dehors ! cria le patron. Je ne veux pas de ça chez moi. »

Le groupe, agglutiné autour du couple pour le séparer, se propulsa vers la sortie dans un concert de cris et de rires. Je vis La Tige sortir de la mêlée et s'éloigner en tirant sa femme par le bras.

« Il va encore lui flanquer une raclée, me dit Jean Lentour. Un jour, il finira par la tuer. Je leur ai dit cent fois de se séparer… Elle le traite de tous les noms, de minable, d'émasculé, et j'en passe. Il ne lui répond que saoul. C'est de la destruction au jour le jour. Comme pour beaucoup de gens ici… Se détruire, c'est déjà une façon de lutter contre l'ennui. »

Je décidai de quitter le bistrot, remerciai Jean Lentour de sa confiance et lui proposai de le revoir en consultation, ce qu'il accepta. Sur le chemin du retour, je songeais avec perplexité à la difficulté de prendre en charge un tel patient. Avait-il besoin de moi ? Que pouvais-je lui offrir : le sevrage au prix de l'isolement et de la dépression, en échange de l'alcool et de la solidarité du bistrot ? Dans toutes les circonstances, la maladie jouait gagnante. Quelle solution proposer ? Je décidai de ne rien changer : maintenir l'absence de cap. Se contenter d'être là. Patienter en espérant que le temps sera le meilleur allié.

Pendant un an, Jean Lentour continua à s'alcooliser. À deux ou trois reprises, il accepta de se faire hospitaliser, mais ses séjours ne servirent qu'à remettre son organisme en état. Dès sa sortie, il rechutait. C'était désespérant. Je me demandais combien de temps encore il réussirait à prendre le matin le chemin du travail après deux heures passées au bistrot. Quant à sa femme, je m'étonnais qu'elle n'ait pas encore craqué. Je la rencontrai à plusieurs reprises. C'était une femme de petite taille, mince, coiffée à la Jeanne d'Arc, habillée simplement. Elle arrivait toujours après sa journée de travail. Très discrète, elle venait me voir, de temps en temps, pour connaître les résultats des examens, jamais pour se plaindre. Son mari, elle m'en parlait avec une profonde admiration. Pourtant, je redoutais le jour où il m'apprendrait sa chute familiale ou professionnelle. Plus les mois passaient, plus mes chances de l'aider s'amenuisaient.

Un jour, Jean Lentour m'annonça, rayonnant, que le patron du bistrot prenait sa retraite. J'allais me réjouir de la nouvelle lorsqu'il ajouta qu'avec le grand Paul et les frères Marceau, ils avaient décidé de se cotiser pour se porter acquéreurs. Je n'arrivais pas à y croire. Une fois de plus, la maladie me narguait avec une insolence encore inconnue. J'étais effondré, vaincu, prêt à jeter l'éponge.

La vente eut lieu. Je fus invité par la nouvelle direction à fêter l'événement, mais trouvai une excuse pour ne pas m'y rendre. Les premiers temps, ce fut l'euphorie. Les propriétaires assuraient à tour de rôle la permanence du bistrot. Les affaires semblaient prospères. On avait même remis en état la salle de billard pour attirer les jeunes du quartier. Qu'advenait-il du groupe ? Je n'en savais trop rien. Jean Lentour enjolivait la situation. Tout allait trop bien. Il me téléphona un soir, effondré : La Tige venait de mourir à l'hôpital d'une hémorragie massive, on lui avait découvert une cirrhose. Sa femme l'avait quitté trois mois auparavant et leur séparation, loin d'arranger les choses, l'avait plongé dans une dépression noire. À la suite de cet accident, je restai des mois sans nouvelles de mon patient. Je m'attendais à le recevoir d'un jour à l'autre en catastrophe à l'hôpital. Mais à ma grande surprise, il se présenta un matin, en consultation, dans un état de calme inhabituel.

« Je ne bois plus depuis quatre mois, me dit-il. Il fallait que ça cesse. »

Cette explication me parut un peu succincte. Je voulus comprendre les mécanismes et connaître le nom du magicien qui avait obtenu cette guérison tant attendue.

« La mort de La Tige m'a bouleversé », me proposa-t-il comme première explication.

Je ne voulais pas y croire. Jamais le malheur des autres n'avait servi de thérapeutique. Je le poussai dans ses retranchements. « Et le bistrot, quel rôle avait-il joué dans toute cette histoire ?

– Un samedi matin, me dit-il, il faisait particulièrement beau. Je m'apprêtais à partir servir au comptoir lorsque mon épouse, qui n'a jamais manifesté la moindre exigence, m'a proposé : "Et si, aujourd'hui, nous allions ensemble au marché ?" Je ne sais pourquoi, je n'ai pu résister à sa demande. Je me suis brutalement réveillé et rendu compte de l'amour de la femme qui était à mes côtés. Je lui avais fait vivre l'enfer. Elle aussi avait perdu son fils. Pendant que je dérivais dans l'alcool, elle avait tenu bon, attendant mon retour. Vous ne me croirez peut-être pas mais depuis ce jour, j'ai retrouvé la paix. Je sais, vous allez trouver ce changement surprenant, mais c'est la vérité. »

Il se reprit aussitôt :

« Je ne néglige pas votre aide ni celle de mes amis du café. Sans votre présence et leur amitié, je me serais sans doute suicidé. D'une certaine façon, je peux dire que l'alcool m'a sauvé la vie. Mais sans ma femme, j'aurais eu bien du mal à m'en libérer. Elle a trouvé le bon moment. »

Il ajouta :

« Je viens de vendre à mes associés la part de capital que je détenais dans le bistrot. J'y retourne de temps en temps, mais seulement pour revoir les amis. »

Je l'écoutais, stupéfait quoique un peu incrédule. Rarement, j'avais assisté à un tel sauvetage par l'amitié et à une telle guérison par l'amour. J'enviai cette femme qui avait réussi là où la médecine avait échoué. Dans tout cela, il n'y avait aucune règle, aucune logique, rien à comprendre.

J'eus seulement l'impression étrange de voir la maladie s'éloigner, comme lassée de son propre acharnement.

Docteur Schumann

Il s'appelait Larmonie et portait bien son nom. Sans être une célébrité internationale, il n'en était pas moins un musicien de renom qui avait enregistré plusieurs disques.

Il m'avait consulté pour une fatigue inhabituelle qui l'avait obligé à interrompre ses tournées musicales. Les anomalies qu'il avait dans le sang étaient suffisamment caractéristiques pour poser le diagnostic. Une maladie des ganglions. Une forme grave ! Un bilan à l'hôpital révéla la diffusion des lésions rendant le pronostic aléatoire. Mais l'homme voulait absolument vivre, et accepta toutes les violences de la chimiothérapie. Un vrai pari car ce traitement agressif pouvait aussi bien le guérir que le détruire. Pendant plusieurs mois, le combat fut âpre, et il nous fallut unir nos efforts pour refouler la camarde et même obtenir un résultat au-delà de toute attente. Un an plus tard, il était en pleine forme, les examens ne montraient plus trace de sa maladie et tout permettait de penser qu'il avait tiré la carte « guérison ».

Ces mois de lutte avaient créé entre nous des liens de complicité et d'estime. J'appréciais beaucoup cet homme élégant au courage calme. Grand, mince, toujours vêtu d'un complet impeccablement taillé. Avec sa fine moustache, il avait l'allure d'un officier des Indes au service de sa Majesté. Il parlait avec contrôle, dans un français un rien sophistiqué.

Même la chimiothérapie, qui avait fait disparaître son abondante chevelure ondulée, n'avait en rien altéré sa prestance.

Une fois le mal terrassé, Jean Larmonie reprit ses cours de piano et ses concerts en province. Il me disait savourer la vie comme jamais, et pour cette guérison inespérée, il me manifestait une reconnaissance que je jugeais excessive. Pour moi, nous avions eu de la chance, beaucoup de chance.

Pour lui, j'étais son sauveur et il cherchait en permanence un moyen original de me prouver sa gratitude. Chaque fois que je le remerciais pour son disque dédicacé, sa boîte de chocolats ou ses bouteilles de champagne, il minimisait son cadeau : « Je vous dois plus, je n'oublie pas que vous m'avez sauvé la vie. »

Si nous avions souvent parlé de musique, je m'étais abstenu de lui révéler ma passion pour le piano. La maladie nous avait trop accaparés pour nous autoriser des échanges personnels et ludiques. Ce fut au cours d'un repas pour fêter sa première année de survie que je m'autorisais à lui révéler que ma mère, autrefois professeur de musique, m'avait initié à cet instrument depuis ma tendre enfance. Son regard s'éclaira soudain. Il se mit en tête de devenir mon professeur. Gratuitement, bien sûr ! Je refusai, sachant qu'il dispensait ses cours non à des amateurs mais à d'illustres virtuoses. Il insista tant que je finis par accepter.

Pendant plusieurs mois, deux fois par semaine, il me transmit son art. Jamais je n'avais connu pareil maître. J'eus l'impression de progresser plus qu'en dix ans d'études. Il avait le don d'enseigner non seulement la technique, mais surtout l'âme. Il aurait réussi à donner de l'aisance au plus médiocre des pianistes.

Un jour que je terminais de jouer la *sonate opus 11* de Schumann, il me gratifia d'un applaudissement: « Excellent, me dit-il. Vous jouez ce morceau à merveille. Avec une vraie sensibilité. » Il s'interrompit, réfléchit un instant, puis affirma: « Ce morceau, vous allez le jouer en public. » J'éclatai d'un rire forcé. Moi, jouer en public ? Jamais ! Je n'étais qu'un petit amateur, certes de bon niveau, mais un simple amateur. Il réfuta mes arguments, et je compris à son visage rayonnant qu'il avait enfin trouvé le moyen de payer sa dette.

« Au mois de mai, je donne un concert au Luxembourg. Vous jouerez ce morceau en première partie. » Je tentai de lui expliquer que mon assurance apparente en tant que médecin cachait une cruelle timidité. Rien que la présentation de travaux médicaux lors des congrès représentait pour moi une épreuve redoutée qui me torturait pendant des semaines. Et lorsque de l'estrade, je m'adressais à la salle, j'avais le cœur si rapide, les jambes si flageolantes et la bouche si pâteuse que j'en perdais mes moyens. Une vraie torture ! Alors jouer du piano en public ! Pas question.

Mais il n'en démordit pas : « Je prends le risque. Vous verrez : c'est stressant avant d'être en scène. Une fois lancé, vous oubliez la salle et ça devient envoûtant. Tout bon musicien doit vivre un jour cette expérience. Vous en êtes capable. D'ici là, nous répéterons trois fois par semaine. » Il finit par m'arracher un accord de principe, et déjà je le regrettais.

Mon unique expérience de pianiste en concert, trois ans plus tôt, s'était soldée par un échec. Je m'étais présenté à un concours d'amateurs. Jamais je n'oublierai mon stress devant le piano. Pourtant, j'avais bien joué et, à la fin de ma présentation, en livrant les dernières notes, j'avais même eu l'impression d'avoir été assez brillant. J'avais tenté de séduire le jury en choisissant une sonate de Szymanowski. Une pièce peu connue. Une mélodie difficile, plus ingrate que celle d'un Chopin ou d'un Schubert. Des phrases rudes, déroutantes. Un morceau plein d'octaves qui nécessitent des déplacements rapides. Peut-être avais-je espéré, sans me l'avouer, égarer secrètement mes examinateurs car, dans cette harmonie complexe, il fallait posséder parfaitement le morceau pour saisir l'erreur ? Ils ne furent pas dupes. Au lieu de les surprendre, je les avais agacés. Je croyais avoir traduit les déchirements de l'auteur, ils m'ont sévèrement critiqué : rythme trop rapide, trop saccadé, jeu trop technique, pas assez de sentiments. « Jouez avec plus de modestie », avait même ajouté sèchement une femme.

En quittant Jean Larmonie, mon patient devenu mon maître, je ne savais plus quoi penser. Son insistance à me lancer dans cette aventure me parut surprenante, presque suspecte. Certes, il voulait me remercier, mais le choix de son cadeau n'atteignait pas son but. À peine annoncé, il m'angoissait déjà. Et j'en vins même à me demander s'il n'y avait pas dans son invitation une part de vengeance. La volonté de me faire payer les terribles séances de torture que mes traitements lui avaient infligées. Bien sûr, je réfutai cette hypothèse et finis par me convaincre qu'après tout, sa proposition était une opportunité qui ne se renouvellerait pas de sitôt. Une occasion peut-être rêvée pour prendre ma revanche sur l'échec passé.

Je suivis donc assidûment l'enseignement de mon maître, à raison de trois séances de travail par semaine. Une tâche enrichissante, mais épuisante après mes longues journées de travail à l'hôpital. Le professeur fut si satisfait des progrès de son élève qu'il ajouta à mon programme un autre morceau :

Ondine de Ravel. J'eus beau protester, me révolter, refuser, je parlais à un sourd.

« Vous m'avez accompagné jusqu'à la guérison. Moi, je vous accompagnerai jusqu'au dépassement de vous-même. Avec moi, vous allez surmonter votre trac. Faites-moi confiance comme je vous ai fait confiance. » Pour un peu, il se prenait pour mon thérapeute. Il ajouta : « Si je n'avais pas senti votre volonté de me guérir, peut-être n'y serais-je pas arrivé. Moi, je vais vous prouver que vous pouvez surmonter votre trac. Je n'ai pas l'intention de vous abandonner dans la fosse aux lions. J'y descendrai avec vous. Je resterai à vos côtés jusqu'au dernier moment et, j'en suis certain, vous allez réussir. » Je demeurai silencieux tout en cherchant à comprendre pourquoi j'acceptai de tenter l'impossible.

Arrivé à Luxembourg, la veille de la représentation, je découvris dans le hall de la gare une petite affiche annonçant le concert à la Philharmonie. Mon nom y était inscrit au-dessous de celui du maître. Bien sûr, le sien en majuscules et le mien en minuscules, mais jamais je n'avais imaginé occuper un jour cette place. Le plus étrange fut que je lus et relus le texte sans savoir exactement ce que je ressentais. Un trouble mélange d'incrédulité, d'orgueil et d'angoisse. Pour une fois, mes références médicales n'apparaissaient nulle part, j'étais autre.

Le taxi me conduisit dans le quartier moderne de Luxembourg, là où se trouvent les grandes banques, et me déposa devant un hôtel à la modernité insipide, mais situé juste en face de la Philarmonie. De tous les bâtiments environnants, cette salle de concert était indiscutablement le plus réussi. Une sorte de temple blanc entouré de colonnes qui donnaient l'étrange illusion d'un immense instrument de musique aux mille cordes déposé là, sur l'esplanade.

Le trac me travaillait déjà l'abdomen depuis plusieurs jours, et je sentais qu'il aurait suffi d'un rien pour qu'il me cloue au lit. C'est en défaisant ma valise que je découvris l'impensable, l'incroyable, l'absurde ! L'une des partitions emportées n'était pas la bonne. Comment avais-je pu confondre Schumann et Schubert ? Là, ce fut la panique ! Pire encore ! J'arpentai la chambre de l'hôtel, frappant le sol de rage. Qui, à cette distance de Paris, pouvait me porter secours ? Je téléphonai aux uns, aux autres, à toutes mes relations de musicien. Peine perdue. Les uns étaient absents, les autres, trop loin pour répondre à l'urgence. En désespoir de cause, j'appelai mon professeur descendu dans un palace des environs et lui avouai ma stupide méprise. Immédiatement il me rassura, me rappela que je connaissais la partition par cœur et que je n'avais plus besoin du texte. Ce morceau, il est vrai, je l'avais joué tant de fois que mes doigts en connaissaient les notes autant que ma mémoire, mais j'étais comme les acteurs qui relisent leur rôle jusqu'au dernier moment, juste pour se rassurer.

Convaincu que seul l'alcool parviendrait à me détendre, je descendis au bar. La salle était vide. La nuit commençait à rendre la ville plus anonyme. Je m'assis devant un comptoir bleu phosphorescent et commandai un cocktail, j'insistai : fort en alcool. Le mélange eut des effets rapides et je retrouvai partiellement mon calme. La vie m'apparut soudain bien étrange : l'homme passe sa vie à rêver d'événements capables de nourrir sa mémoire, et, le jour venu, rien ne se passe comme prévu, l'angoisse s'invite autant que le plaisir.

Je me demandai comment trouver une solution à ma stupide étourderie lorsqu'une voix féminine me sortit de mes rêveries : «Vous êtes bien monsieur Marquen ? On m'a dit que vous étiez au bar. » Je me retournai, surpris. Elle était jeune, brune, les cheveux courts, le visage rond, et me fixait avec un sourire bienveillant. D'où sortait cette étrangère habillée de noir, et comment connaissait-elle mon nom ? Elle justifia son intervention : « Je suis journaliste à radio Luxembourg. Je viens de m'entretenir avec Maître Larmonie. C'est lui qui m'a conseillé de vous interviewer. » Elle tombait à point pour rompre ma solitude, mais pas pour dissiper mes angoisses. Néanmoins, on s'installa au fond du bar autour d'une table et de son micro. Elle me posa toute sorte de questions : Pourquoi avoir choisi Ravel, Schumann ? Était-ce la première fois que je jouais ces morceaux en public ? Qui m'avait initié à la musique ? Qui, de ma famille, serait présent demain soir au concert ? Je restai évasif, précisant seulement que personne ne m'accompagnait. Ses questions devinrent plus intrusives et mes réponses plus imprécises. Quand elle me demanda ce que faisaient mon père et ma mère je coupai court en précisant que ma mère, autrefois professeur de musique, était morte quand j'avais quinze ans. Quant à mon père, j'inventais des excuses de santé pour expliquer son absence, gardant pour moi le secret espoir de le voir arriver à la dernière minute.

Soudain, elle m'observa curieusement avant de me demander pourquoi je paraissais si soucieux. Était-ce le trac ? J'hésitai avant de lui avouer mon impardonnable étourderie.

Je la vis alors réfléchir. Pendant que je commandai un autre cocktail, elle s'éloigna, sortit son mobile, appela longuement avant de revenir vers moi : « Vous avez de la chance, ma sœur est musicienne. Demain, vous aurez votre partition. Je vous l'apporterai moi-même. » À cet instant, j'eus envie de la retenir. Pour la remercier de son aide, je lui proposai de boire un autre verre et l'invitai à dîner. Elle refusa, prétextant l'heure tardive. Il me vint alors une idée : j'ai deux places gratuites pour le concert. À l'orchestre, au deuxième rang. Ma famille ? Non, elle ne viendra pas.

Devant mon insistance, elle accepta, puis se leva : « Maintenant, allez vous reposer, vous avez besoin de sommeil pour affronter le public demain. » Elle me serra la main, et disparut.

Je regagnai ma chambre avec moins d'inquiétude mais plus de solitude. Je me sentis flotter entre apaisement et regret. La reverrai-je ?

Le lendemain matin, en descendant dans le hall, je l'aperçus, silhouette noire assise dans un fauteuil blanc. Elle m'attendait, me sourit, me tendit la partition. Le livret était neuf, jamais ouvert. Je l'invitai à déjeuner. Elle hésita, puis, devant mon insistance, accepta. C'est elle qui passerait me prendre vers midi et me ferait découvrir un autre quartier de Luxembourg.

Dans le taxi qui nous menait dans le Gründ, la partie ancienne de la ville basse, je lui demandai son prénom. Elle me dit s'appeler Laure mais avec un curieux sourire, comme si elle venait de l'inventer.

Elle me fit découvrir une sorte de village en pleine cité, aux ruelles bordées de vieilles maisons. L'auberge choisie s'accrochait à la rive de l'Alzette, une rivière chaleureuse, apaisante, capable d'emporter les soucis. Elle me proposa une table au soleil et nous nous assîmes face à face. Pendant un long moment, elle me regarda, silencieuse, et je la fixai sans rien dire. Je ne sais pourquoi, je me mis à parler, et à parler de plus en plus, sans retenue, pour calmer l'angoisse. Tout ce que je n'avais pu lui dire la veille, je le lui livrai sans réserve : ma famille, mes deux sœurs, mon frère. Surtout ma mère, tombée gravement malade quand j'avais onze ans. Morte après quatre ans d'un épuisant combat. Chaque jour, je courais en revenant du collège avec la peur d'arriver trop tard. Sa disparition fut dévastatrice pour la famille. Mon père fut courageux jusqu'à la fin, mais par la suite… J'en restais là, je tus sa tristesse et sa fuite dans l'alcool. D'origine modeste, il n'avait pas eu comme moi les moyens de se sauver. C'est ma mère qui m'a initié au piano. Elle était professeur de musique. Mon père n'était pas vraiment mélomane… Soudain je m'interrompis : pourquoi je lui racontais tout cela ? Elle me sourit, haussa les épaules comme pour me signifier qu'elle n'avait rien demandé. « Et de vous, je ne sais rien. » Elle ne répondit pas, m'incita à finir mon repas sans tarder, me rappelant que je devais me rendre à la Philharmonie en début d'après-midi pour répéter. J'insistai pour qu'elle assiste à la répétition, mais elle déclina l'offre, m'affirmant avoir des articles à rédiger. En revanche, elle me promit qu'elle serait là comme prévu, ce soir, au deuxième rang. Juré. Avant que je descende du taxi, elle sourit, me souhaita bonne chance et disparut. Je me retrouvai seul à l'entrée du vaste pavillon blanc.

Un homme jeune m'accueillit, m'ouvrit les portes de la salle de concert. Une salle assez grande, joliment éclairée de lumière jaune et bleue. J'aperçus le piano noir sur la scène. Un Steinway, bien sûr ! Mon patient et maître était devant le monstre et caressai le bois comme on caresse la bête qu'il faudra affronter. Quand il m'aperçut, il me fit signe : « Bien dormi, j'espère. » Je lui avouai mon trac, mon terrible trac, et mon regret d'avoir accepté. Je me sentais ridicule. J'étais comme un malade venant se plaindre de ses maux. Il me sourit : « Je vais vous révéler un secret. Une sorte de thérapeutique au trac que nous connaissons tous : il faut absolument ignorer la salle, oublier le public. Et pour cela, ne penser qu'à une personne. Une seule personne. La même pendant tout le morceau. Vous jouerez pour elle et, vous verrez, tout se passera bien. Maintenant venez, on va répéter car chaque piano a ses spécificités qu'il faut apprivoiser. Il suffit que les touches soient un peu plus fermes ou un peu plus tendres pour que les accords s'en trouvent modifiés. Des différences parfois imperceptibles, mais qu'il ne faut pas négliger au risque de perdre l'équilibre. »

Dès les premières notes, je sentis le piano complice. Les touches étaient dociles, la sonorité excellente et l'acoustique de la salle touchait à la perfection. Je jouais et rejouais sans fin mes deux morceaux. Sans fautes, sans angoisse mais… sans spectateur.

L'heure venue, mon maître Larmonie émit le souhait de se retirer pour se concentrer. Il me serra la main, me souhaita bonne chance. Je me réfugiai dans ma loge, une petite pièce calme, protectrice, avec un fauteuil profond pour se détendre et un piano droit pour calmer les dernières inquiétudes. On m'apporta boissons et sandwichs, mais je n'avais pas faim. Je préférais somnoler, tenter d'effacer ces longues minutes d'attente. Je m'assoupis presque. Lorsque le directeur de la Philharmonie vint me saluer, je pris conscience que l'heure approchait. J'enfilai ma chemise neuve, ma jaquette louée, vérifiai dans la glace la position de mon nœud blanc. Je n'avais plus qu'à patienter. Je relus une dernière fois mes deux partitions. J'essuyai mes mains. Plus moites encore que le jour du concours. On prétend qu'avant un saut en para chute, la peur ne survient vraiment que la seconde fois. Au premier saut, on appréhende le vide sans le connaître, au second on l'affronte.

Je tentais de me rassurer en minimisant ma participation. Après tout, je n'étais qu'une mise en bouche. Au mieux, je recevrais l'indifférence, au pire, la pitié. Et pourtant, si ! J'avais envie de les toucher…

Dès lors, tout s'enchaîna très vite. On vint me chercher. L'homme me confirma que la salle était comble et me souhaita bonne chance. Je me vis propulsé sur la scène sous des applaudissements polis. En saluant, je jetai un rapide regard sur le deuxième rang, à droite. Elle était là. À côté, le siège de mon père était vide. Je me plaçai devant le piano et, soudain, un silence terrible m'entoura. Plus un murmure, plus un toussotement. Il fallait d'urgence lancer les premières notes pour remplir ce vide. J'essuyais mes paumes humides. Le spot m'aveuglait, mais il fallait l'ignorer. Autour de moi – il l'avait dit –, tout devait disparaître. S'isoler, me concentrer, ne penser qu'à une personne. Une seule personne. Je commençai *Ondine* en pensant à elle, à la jeune journaliste. Mes doigts frôlèrent les touches, firent surgir le frémissement de l'eau. Jamais je n'avais joué ce morceau difficile avec tant de fluidité. Et quand les dernières notes sonnèrent, que mes mains s'éloignèrent lentement du clavier, je levai la tête et je crus voir mon patient accoudé au piano, me souriant. « Alors ? me disait-il, que pensez-vous de mon traitement ? Écoutez-les, ils vous applaudissent. Vous les avez surpris. Continuez et vous finirez par les émouvoir, mais attention, Schumann n'est pas Ravel. Avec Schumann, la virtuosité ne suffit plus, il faut l'âme. »

Les spectateurs se turent, et sa silhouette disparut. Maintenant tout allait se jouer. Le silence noir se fit de nouveau pesant. La scène n'existait plus. J'étais dans la salle à manger de l'appartement que nous occupions à Quimper. Derrière moi, la chambre était comme à l'habitude dans la pénombre. Du matin jusqu'au soir. Ma mère tenait à garder les volets clos comme si, dorénavant, elle s'interdisait la lumière. Comme chaque soir, quand je revenais du collège, elle m'attendait. Elle savait que j'allais jouer pour elle. Je l'embrassais, évitais de regarder sur son visage les marques de la décrépitude. Je savais qu'elle avait passé sa journée seule, dans la maison déserte, clouée au lit, à lutter contre le mal qui la tenaillait. Depuis le matin, elle espérait ce moment et je n'avais rien d'autre à lui offrir que ma *sonate opus 11* de Schumann, son morceau préféré. Autrefois, je ne savais jouer que l'*introductione* car les autres *allegros* étaient trop difficiles à interpréter. Mais ce soir, pour la première fois, j'allais lui offrir la sonate en entier, jusqu'au magnifique *allegro un poco maestoso*. La porte était là, ouverte derrière moi, et je ne pensais plus qu'à elle.

Mais mes rêveries m'avaient égaré, mes mains ne m'avaient pas attendu. Elles étaient déjà parties. Mon Dieu, elles jouaient trop vite, elles accéléraient comme si elles voulaient en finir. Il fallait les freiner, il fallait qu'elles m'écoutent. Par chance, elles connaissaient le chemin et, jusque-là, n'avaient pas fait d'erreur. Alors, je profitai de l'*allegro vivace* pour reprendre le contrôle, pour leur imposer mon rythme, celui que nous avions toujours adopté pour calmer ses douleurs. Ce mélange harmonieux de douceur, de poésie et d'introspection. Peu à peu, je sentis la magie de la musique faire son effet. La mélodie ralentit sa respiration, je n'entendis plus son râle. Mieux que des mots, mieux que des gestes, mieux que les drogues, Schumann apaisait ses souffrances.

Quand mes doigts frappèrent les dernières notes de l'*allegro* final, je ne savais plus dans quel silence je m'étais perdu. Je me sentais épuisé, vidé, exténué. J'entendis un crépitement brutal. La salle s'était illuminée, et ils applaudissaient. Des applaudissements forts, sincères. Comme un remerciement. Je découvris alors qu'ils avaient été là, tous derrière moi, dans la salle à manger de notre appartement de Quimper, qu'ils avaient partagé pour un instant mon désarroi. Je me suis levé, j'ai salué. À cet instant, j'ai même entendu des bravos. Comme je me dirigeai vers les coulisses, j'aperçus mon patient et maître venir vers moi, lui aussi frappant des mains. Il me congratula, me chuchota : « Vous nous avez émus. »

Pendant que je m'éloignai, il s'assit devant le piano et reprit la vedette.

Dans les coulisses, on me félicita, on m'installa dans le studio technique devant la fenêtre vitrée donnant sur la scène. De là, je pouvais suivre les prouesses du maestro, mais je n'écoutais plus. Je songeai à ma mère, à son plaisir de m'avoir écouté. Je remerciai Schumann d'avoir été son médecin. Et sans nos après-midi terribles de silencieuse complicité, aurais-je joué ce morceau avec tant de vérité ? De mon observatoire, je tentai de découvrir dans l'obscurité la silhouette de celle qui m'avait accompagné quand je jouais l'*Ondine*. À elle aussi, je devais beaucoup. Mais j'étais installé trop latéralement pour l'apercevoir. J'attendis, impatient, la fin du concert pour lui exprimer ma gratitude. Le maestro salua sous des applaudissements frénétiques. On m'entraîna vers une salle de réception où la foule des admirateurs se pressait autour du maître. Les journalistes l'entouraient, le questionnaient, et comme tous ne pouvaient l'atteindre, certains se tournèrent vers moi. Qui étais-je ? Où je vivais, quels étaient mes projets ? Toutes ces sollicitations médiatiques qui me faisaient fantasmer, subitement m'indifféraient. Je répondis : « Un simple amateur, un médecin amoureux de la musique. » Et j'affirmai : «… parce que la musique peut être thérapeutique, elle peut réduire les angoisses et atténuer les douleurs. » Certains me regardèrent comme un illuminé et retournèrent questionner le maître.

J'ai cherché la journaliste parmi les admirateurs. J'aurais tant aimé l'emmener loin de cette foule. Mais la salle s'était vidée, et il ne restait que les attardés qui se serraient les mains et échangeaient les derniers adieux. Je retournai à mon hôtel sans avoir pu la revoir. Elle s'appelait Laure, mais je ne connaissais même pas son nom de famille. Son absence effrita mon plaisir. Dans ma chambre, je me sentis fatigué, désorienté, et terriblement seul. Le lendemain, je me consolai à l'idée d'avoir vaincu le trac, ce mal sournois qui, depuis des années, me freinait. Après ce concert au Luxembourg, je ne revis pratiquement plus mon maître et patient. Il allait bien et avait payé sa dette.

Chaque année, je reçois pour le Nouvel An une lettre en forme de bilan de santé : tout va bien. Et je lui réponds : moi aussi, je n'ai plus le trac. Il n'oublie jamais de m'envoyer ses nouveaux disques dédicacés.

Depuis ce concert, j'ai rejoué plusieurs fois en public, mais prudemment, jamais dans de grandes salles. Seulement sur des petites scènes associatives, ou devant des prisonniers ou dans des maisons de retraite. C'est dans les établissements pour personnes âgées que j'ai trouvé mon meilleur public, le moins stressant, le plus tolérant sur mes oublis ou mes quelques fausses notes.

Pour ces femmes souvent seules, tristes, au corps souffrant, je choisis souvent Schumann, car je sais depuis longtemps combien sa musique calme les plus profondes douleurs.

Le ventre de Célestine

Elle s'appelait Célestine et venait du Togo. Je la connaissais depuis dix ans au moins. Une de mes plus anciennes et plus fidèles patientes. Si les années avaient quelque peu blanchi mes tempes, elles semblaient avoir épargné Célestine Mjamba, qui restait identique à elle-même. Ses six grossesses avaient tout au plus ajouté à sa silhouette quelques rondeurs qui disparaissaient sous les plis de son boubou, toujours de couleur vive, du rouge au jaune safran.

Lorsque je découvrais parmi les noms de mes consultants celui de Célestine Mjamba, j'éprouvais, je l'avoue, un certain plaisir qui venait de la certitude d'apercevoir, parmi les visages mornes de la salle d'attente, une tache de couleur et un sourire rassurant.

Ce jour-là, Célestine Mjamba arborait un visage volontairement fermé. Elle me priva de son « bonjour, docteur » qui retentissait habituellement dans la salle d'attente. Rien. Cette attitude m'inquiéta. Que se passait-il ? Célestine Mjamba n'appartenait pas à la catégorie des malades angoissants. Ses maux, jamais les mêmes, disparaissaient rapidement avec quelques gélules des plus inoffensives. Et j'obtenais chaque fois un succès thérapeutique qui nourrissait mes ambitions cachées de guérisseur. Chez elle, tout était gratification. J'étais certain de recevoir, la semaine suivant sa visite, un coup de téléphone pour me féliciter du résultat et me prévenir de son passage à l'hôpital, le lendemain. Je connaissais la suite. Elle arrivait en général en fin de matinée, pendant ma visite, avec tout son matériel. Des gamelles d'ouvrier de chantier, empilées les unes sur les autres, contenant chacune un plat différent. Un repas complet, de l'entrée au dessert. Jamais en grande quantité, juste pour deux, en tête-à-tête. Je devais séance tenante arrêter toute activité pour recevoir ses explications : en haut, les crevettes grillées, à tremper dans la sauce qui se trouvait au deuxième étage ; au-dessous, le poulet au citron ou le ragoût de cabri en bas, le gâteau de coco ou les lychees, selon la saison. Le tout répandait des parfums exotiques. Je devais ensuite traverser l'hôpital, gamelles en main, sous le regard (surpris ou) narquois du personnel soignant. Célestine Mjamba revenait le jour suivant chercher ses ustensiles et me posait mille questions sur les réactions de mes papilles gustatives. Ainsi, une consultation de Célestine Mjamba comportait trois ou quatre rendez-vous, et cela se répétait plusieurs fois l'an.

Périodiquement, à son retour d'Afrique, elle m'offrait un masque en bois sculpté, une ceinture en peau d'autruche ou un porte-monnaie en crocodile.

Il y avait chez elle un besoin manifeste de m'intégrer à sa vie familiale. Elle venait rarement seule, et profitait de sa consultation pour amener un oncle, un frère ou une belle-sœur qui souffrait d'un cor au pied, d'une constipation ou d'une indigestion. J'étais devenu le médecin de sa grande famille africaine. Elle me présentait ses enfants avec la fierté de l'artiste pour sa création. Son aîné, un grand gars de seize ans en parfaite santé, n'arrêtait pas de répéter : « Je t'dis, m'mam, j'n'ai plus mal. » Mais elle insistait : « Docteur, ne l'écoute pas. Examine-le tout de même, je serai rassurée. »

Quant aux trois petits derniers, ils transformaient mon cabinet d'examen en cour de récréation ou en stand de foire. Virginie, la cadette, montait sur mes genoux pour recouvrir mes ordonnances de tampons et transformer mon bureau en guichet des PTT pendant que son frère Joseph s'emparait de mon stéthoscope pour m'ausculter et que Béatrice, la grande de dix ans, cassait mes abaisse-langue pour en faire des allumettes. « S'ils te dérangent, docteur, tu me le dis. » Dans un brouhaha indescriptible, je tentais de connaître les motifs de sa visite. Une telle séance se terminait habituellement par un drame lorsque j'essayais de récupérer mon stylo, mon tampon ou mon tensiomètre. Les enfants de Célestine avaient tous une vocation médicale et un besoin immodéré de collectionner ce qui appartenait au sorcier en blouse blanche.

Au fil des années, j'avais fini par connaître toute la famille, sauf… le mari, un fantôme dont Célestine Mjamba parlait peu. Grâce à l'indiscrétion de mes questions administratives, je découvris que « son » homme, de quinze ans son aîné, était originaire du même village et travaillait dans une biscuiterie. Quel sentiment éprouvait-elle pour lui ? Je ne saurais le dire. Quoi qu'il en soit, les troubles dont elle se plaignait ne semblaient pas être liés à des difficultés familiales. Ses symptômes étaient des plus variés. Elle les décrivait avec tant de détails et de sourires que je me demandais parfois si elle ne venait pas de les inventer, juste pour me rendre visite. Quand je l'examinais, elle remontait largement son boubou pour découvrir son ventre rond. Il émanait de sa personne des odeurs d'épices.

Ce jour-là, Célestine était venue seule. Lorsqu'elle s'assit face à moi, elle arborait un air contrit qui ne me disait rien qui vaille. Elle, si prolixe, n'arrivait pas à décrire ses maux. « Des douleurs, un peu partout. Ici, non, pas là. » Elle promenait vaguement sa main sur son corps sans dénoncer de zone précise. Elle ne souffrait pas tout le temps. Plutôt le soir, au coucher. Tout cela n'évoquait rien de particulier. J'errais jusqu'au moment où elle me précisa que son mal avait commencé quatre jours auparavant.

« Et que s'est-il passé vendredi dernier ? »

Elle baissa les yeux, se tut. Je tenais une piste, aussi la harcelai-je de questions. J'évoquai pêle-mêle une indigestion, une absorption excessive d'alcool, une mauvaise rencontre, la maladie d'un enfant. À chaque suggestion, elle répondait d'un geste négatif de la tête. « Un cauchemar ? » Elle redressa la tête et me fixa d'un regard mauvais.

« J'ai rêvé, m'avoua-t-elle, que je faisais l'amour avec vous. »

Je faillis éclater de rire, mais elle semblait si affectée par ce souvenir que je me contentai d'un sourire.

« Cela ne me semble pas bien grave. »

Ah, que n'avais-je pas dit ! Sa réserve se transforma en colère.

« Dans mon pays, ça l'est, docteur. Si une femme rêve d'un homme et qu'elle est enceinte, elle doit avorter. Heureusement, me cria-t-elle, je ne suis pas enceinte. C'est pour cela que j'ai tant de douleurs dans le ventre. »

Du haut de ma science qui ne m'avait jamais enseigné le traitement des maux de l'amour, je lui affirmai bêtement qu'« à mon avis, les douleurs allaient disparaître comme elles étaient venues ».

Elle explosa.

« Chez nous, en Afrique, on ne rit pas avec ces choses-là. Il faut traiter le mal, docteur, et vite, sinon la femme ne guérit jamais. Elle souffrira toute sa vie.

– Alors, que faire ? demandai-je, désarmé.

– C'est très simple. L'homme qui est entré dans le rêve d'une femme, comme cela, sans autorisation, avec de mauvaises pensées, il doit lui mordre le ventre pour enlever le mal. »

Je restai muet, hésitant entre l'envie de rire et la crainte de devoir m'exécuter. Je ne savais que dire. Lui mordiller le ventre ? Moi, l'enfant de Descartes et de Laennec ? Le résultat palpable de la science et de la logique ? Un spécialiste entre les spécialistes qui, chaque semaine, consacrait plusieurs heures à analyser les dernières découvertes de Chicago, de Tokyo ou de Liverpool ? Moi, lui mordiller le ventre ? Jamais !

Et si on me voyait !

Mon interlocutrice fixait sur moi un œil inquisiteur. Il fallait gagner du temps. En médecine, quand on doute, un bon examen clinique ménage un moment de réflexion et rappelle au patient que son médecin reste maître de la situation.

Méfiante, Célestine Mjamba hésita avant de s'allonger. Elle releva incomplètement son boubou devant l'homme qui l'avait impudiquement saisie en plein sommeil. Je palpai son abdomen, convaincu que je n'y découvrirais rien d'anormal. Je cherchai dans ma tête le nom d'un placebo à prescrire comme preuve de mes bonnes intentions. Brutalement, lassée de mes tergiversations, elle stoppa d'une main mon geste explorateur, et de l'autre, se pinça la peau du ventre, juste à côté de l'ombilic.

« C'est là qu'il faut mordre », m'ordonna-t-elle.

J'hésitai encore, tendis machinalement l'oreille pour m'assurer qu'aucun intrus n'allait surgir et me surprendre, en train d'embrasser le ventre de ma patiente. Puis d'un geste rapide, sans trop réfléchir, je plongeai et serrai entre mes dents la peau ferme du ventre de Célestine Mjamba. Cela ne dura qu'une fraction de seconde mais le résultat fut immédiat : un large sourire apparut sur le visage de la souffrante. Pas le sourire du triomphe, mais celui de l'apaisement.

« Tu es un bon docteur », me dit-elle.

Sans m'en rendre compte, je m'étais machinalement dirigé vers mon fauteuil et je restai assis, abasourdi par ce qui venait de m'arriver. Je la regardai remonter son short et abaisser son boubou avec une parfaite sérénité. Entre le début et la fin de cette consultation, elle s'était métamorphosée. Elle rangea ses affaires, et s'apprêta à me quitter. Lorsque je lui tendis une feuille de Sécurité sociale, elle la repoussa en souriant :

« Pas aujourd'hui, docteur. »

Elle avait raison. La Sécurité sociale n'avait rien à voir avec les mystères de l'Afrique. Et pourquoi payer le thérapeute responsable du mal ?

Célestine Mjamba se leva, me serra chaleureusement la main, en m'offrant un sourire tendre et moqueur, le sourire de l'Africain qui sait que le Blanc ne le comprendra jamais. Elle ouvrit la porte et, avant de me quitter, me dit : « Il faudra plus venir dans mes rêves, docteur. Sinon, on recommence », et elle éclata d'un rire qui se répandit dans la salle d'attente. Je la vis partir sans prêter attention aux regards inquisiteurs des autres patients.

Je me laissai choir dans mon fauteuil. Jamais je n'avais connu pareil succès thérapeutique. En un instant, cette femme avait remis en cause mes années d'expérience. Même Freud, avec ses interprétations des rêves, n'aurait pu me proposer de solution plus simple et plus radicale. J'éprouvai alors une étrange satisfaction, un profond sentiment de plaisir.

Je me sentis, ce jour-là, un peu sorcier africain.

L'inquiétant M. Kervert

La première fois que je vis cette femme, je ressentis à son égard plus de pitié que de sympathie. Je ne savais pas encore pourquoi elle venait me consulter, mais son attitude en disait long sur son existence. Elle s'était assise en retrait, comme par habitude. Âgée d'une quarantaine d'années, elle portait un imperméable beige, trop strict, une coupe de cheveux trop raide, et un sac en bandoulière trop usé pour tenter le voleur à la tire. Était-ce la maladie ou les années de soumission qui l'avaient rendue si frêle ? À mes questions, elle répondit par des mots brefs en gardant la tête baissée, comme s'il s'agissait d'une intrusion indécente dans sa vie privée. En fait, elle n'avait pas le temps de répondre, son mari prenait immédiatement la parole pour parler en son nom. Il me donnait du « docteur » à tout bout de champ, ce qui avait le don de m'exaspérer et suscitait ma méfiance. En les regardant, je me demandais comment des êtres aussi disparates avaient pu s'unir. Il était aussi massif qu'elle était chétive, aussi encombrant qu'elle paraissait invisible. À peine plus âgé qu'elle, il avait l'air d'un rugbyman, avec sa petite moustache, ses cheveux en brosse et son visage carré. Tantôt il se tenait les bras croisés sur mon bureau dans une promiscuité gênante, tantôt il se rejetait en arrière et faisait tournoyer son trousseau de clés pour me signifier qu'il était un homme pressé et qu'il possédait une grosse voiture. Plus son attitude m'agaçait, plus j'éprouvais de compassion pour sa femme. Quand elle m'annonça qu'elle élevait sept enfants, je me permis de lui demander si elle utilisait un moyen contraceptif. Elle n'eut pas le temps d'ouvrir la bouche, son mari s'écria d'un air offusqué en mettant sa main en avant : « Docteur, nous ne faisons pas partie de ces gens-là. » Sa réaction me fit sourire.

« Auriez-vous l'amabilité de laisser parler votre femme ? Je la crois compétente pour répondre à une telle question. Et que je sache, c'est elle qui me consulte. »

Il retira ses coudes de ma table, plia les bras comme un catcheur et, s'adressant à elle :

« Eh bien, parle. Tu ne dis jamais rien. »

Elle se tourna vers moi. Chaque fois qu'elle m'apportait une précision, le gros homme à moustache intervenait : « Mais non, ça fait pas un mois que tu as mal, tu souffres depuis plus de trois mois… Non, docteur, pas six kilos, elle a maigri de dix kilos. » « Si tu veux », disait-elle. Il finit par sortir de sa poche un calepin :

« C'est simple, docteur, j'ai tout inscrit. Alors, si vous voulez gagner du temps... »

Et il se mit à lire.

« Voilà, tout a commencé le 12 juillet… »

Je notai sur mon dossier médical les renseignements fournis pas le mari, questionnant régulièrement la malade du regard pour vérifier ses dires. Elle hochait timidement la tête. Je l'examinai ensuite et ne découvris rien d'anormal, mais les troubles me parurent suffisamment importants pour lui proposer une hospitalisation.

« N'est-il pas possible, docteur, interrompit son mari, de réaliser ces examens en externe ? En l'absence de ma femme, qui va s'occuper de la maison ? »

J'éprouvai un malin plaisir à lui répondre : « Vous. »

Il se révolta. Un foyer ne pouvait se passer de femme, les enfants avaient besoin de leur mère. Lui dirigeait une fabrique de peinture, et ses responsabilités rendaient impossible tout absentéisme. « Je ne suis pas fonctionnaire, moi », me lança-t-il le menton en avant. Son épouse plaida en sa faveur : « Il ne sait même pas cuire un œuf sur le plat.

– Écoutez, dis-je d'un ton agacé par leur absurde complicité : votre femme doit passer des examens réalisables uniquement à l'hôpital. Son séjour ne se discute pas, c'est une nécessité absolue. »

Il leva les mains en signe d'abdication.

« Après tout, c'est vous le médecin. »

Pendant que je remplissais les feuilles administratives, j'entendis le cliquetis du trousseau de clés qu'il faisait tourner nerveusement.

La femme du directeur de l'entreprise Kervert fut hospitalisée deux jours plus tard. Les premières explorations permirent de découvrir une tumeur dans l'intestin grêle qui justifiait une ablation chirurgicale. J'entrai un soir dans sa chambre pour lui annoncer la nouvelle. Elle tenait entre les mains un livre intitulé *La Vie de saint Louis.* Sur sa table de nuit, je remarquai la présence d'une grosse Bible et d'une image de la Vierge. Je m'assis à ses côtés comme j'avais coutume de le faire chaque fois que j'annonçais une nouvelle difficile ou que je voulais simplement dialoguer avec un patient.

«J'espère que ce n'est pas un cancer, fit-elle aussitôt. Je ne dis pas cela pour moi, mais pour mon pauvre Jean-Louis et mes enfants. Ils seraient perdus s'il m'arrivait quoi que ce soit. Sous son apparence robuste, mon mari est un être fragile. C'est un enfant de l'Assistance publique qui s'est forgé lui-même, à la force du poignet. Un homme très dur envers lui et les autres : il ne comprend pas que le monde ne soit pas à son image. Docteur, je vous en supplie, si c'est un cancer, ne le lui dites pas. Je suis très croyante, ajouta-t-elle, et grâce à la prière, j'espère surmonter cette épreuve que Dieu m'envoie. Mon mari et moi faisons partie du mouvement "Les Cœurs croisés de Jésus". Vous connaissez ?

– Franchement, non.

– Je lui demanderai de vous fournir des documents. Nous sommes de l'Église de la tradition éternelle.»

Je l'écoutai sans rien dire. Mon opinion n'avait aucune importance. Seule comptait la confiance qui devait s'instaurer entre nous. Mon seul objectif se résumait à lui permettre de supporter l'avenir et à donner un maximum d'efficacité à son futur traitement. D'expérience, je me méfiais des personnes affichant trop de certitudes et je prévoyais pour elle des temps difficiles. En quittant sa chambre, je songeai à la richesse de ce métier qui me mettait en relation avec des individus aussi divers que surprenants. J'avais parmi mes patients des islamistes militants, des témoins de Jéhovah, un disciple de Krishna et des adeptes de sectes variées, comme ceux de la Grande Croix, qui inondaient ma boîte aux lettres de publications. Je n'avais pas encore de membre des « Cœurs croisés de Jésus ». C'était maintenant chose faite.

Dès le lendemain, M. Kervert m'apporta trois exemplaires d'un journal dont j'ignorais jusque-là l'existence. Je tournais machinalement les pages de cet hebdomadaire sur papier de mauvaise qualité pendant qu'il m'exposait les grandes lignes du « renouveau moral ». Sans cesse revenaient les mots « pornographie », « homosexualité » et « avortement ». Puis il partit dans un discours décousu, passant d'un sujet à l'autre :

« On parle toujours de la déportation des Juifs pendant la guerre, docteur, mais c'est un peu excessif. On oublie que des chrétiens aussi ont été déportés. Nous vivons dans un monde de désinformation tenu par les médias qui, comme par hasard, appartiennent aux Juifs. »

Je me taisais. Curieusement, je ne ressentais à son égard aucune agressivité, plutôt de la curiosité, et pour tout dire une certaine pitié. Ses paroles étaient empreintes d'une peur parfois proche de la panique. Peur de la montée de la pornographie et des maladies sexuelles, peur de ces femmes qui n'étaient plus des mères, peur du désordre, peur de tout... L'humanité courait droit au mur, à la catastrophe. Il m'annonça pour les prochaines années une nouvelle version de l'Apocalypse. Heureusement, ce jour-là, j'avais le moral. J'eus bien du mal à recentrer la conversation sur les problèmes de santé de sa femme. Tout à coup, il s'interrompit, se pencha vers moi pour me demander d'un ton autoritaire :

« Allons, docteur, dites-moi la vérité. Nous sommes entre hommes. C'est un cancer ? »

Je lui exprimai mes inquiétudes, mais lui affirmai qu'avant l'intervention chirurgicale, il m'était difficile de me prononcer.

« Je le savais depuis le début. En tout cas, pas un mot à mon épouse. C'est une femme admirable, mais très fragile. Elle ne le supporterait pas. Je compte sur votre discrétion absolue. Personne ne doit être au courant, en dehors de vous et moi. »

Les jours suivants, il chercha à me revoir pour des motifs divers et variés. Un jour, il avait retrouvé d'anciennes radios qu'il voulait impérativement verser au dossier. D'autres fois, il réclamait un certificat médical pour sa mutuelle ou voulait juste m'entendre répéter ce que je lui avais expliqué la veille. Systématiquement, ses propos déviaient vers d'autres sujets. J'eus droit à une diatribe sur la paresse des hommes. « Autrefois, on travaillait quatorze heures par jour et on ne s'en portait pas plus mal. Aujourd'hui, on ne fiche plus rien. » Quand ce n'était pas la thèse du chômeur fainéant et heureux de l'être, je subissais l'explication du déficit de la Sécurité sociale par les immigrés. Bref, cet homme ne m'épargnait rien. Le plus souvent, j'écourtais la discussion, prétextant une urgence, mais il revenait à la charge comme un missionnaire décidé à me convertir. Chacune de mes rencontres me laissait malgré tout une impression d'angoisse et de malaise. S'il n'y avait eu sa femme gravement malade, je l'aurais envoyé exposer ses thèses ailleurs.

La veille de l'intervention, je rendis visite à ma patiente pour lui soutenir le moral. Je la trouvai en larmes. Appréhendait-elle l'intervention ? Elle hocha négativement la tête.

« J'ai peur, me dit-elle. Pas de la mort, mais de partir sans avoir connu un seul moment de bonheur. »

Elle essaya de se reprendre en séchant ses larmes.

« Je n'attends pas grand-chose de la vie, seulement être heureuse, comme ça, un moment… J'aurais aimé que mon mari prenne parfois le temps de me caresser, qu'il ait un geste tendre. »

Je la regardai en silence. Sa supplication résonnait dans ma tête comme une évidence. « Pas grand-chose, seulement être heureuse. » Si j'avais pu lui offrir juste un peu de rêve et d'évasion... Je me contentai de lui affirmer que l'intervention se déroulerait sans problème, qu'elle n'avait rien à craindre.

Elle s'excusa, regretta d'avoir dit « des bêtises » et de pleurer « comme une gamine ». Elle m'assura que tout irait bien et me demanda de me retirer car elle se sentait lasse.

Le lendemain de l'intervention, je trouvai M. Kervert attendant devant mon bureau. Je le fis entrer pour lui apprendre qu'il s'agissait bien d'une tumeur s'apparentant à un cancer. Il resta un long moment pensif avant de me demander :

« Alors, docteur, combien de temps ? »

Je lui expliquais qu'à cette question il était impossible de répondre. Toute prévision chiffrée se révélait systématiquement erronée. Il eut un rictus d'agacement. Sa réaction me parut d'autant plus déplacée que le ton qu'il avait employé m'avait déjà heurté. Comme si l'affaire était entendue, classée, et que nous allions fixer la date de l'enterrement. Il dut sentir ma gêne car il demeura un long moment silencieux, immobile, les mains jointes devant ses lèvres.

« Bien, finit-il par me dire, c'est une épreuve que Dieu m'envoie. Je dois me montrer digne de Sa confiance. Je remets le sort de ma femme entre Ses mains. Lui seul peut lui accorder la guérison. Malheureusement, ajouta-t-il en baissant le ton, je n'ai pas d'illusion.

– Si vous permettez, ne mélangeons pas tout. Pour l'instant, j'entends bien offrir à votre femme toutes ses chances.

– Dieu seul connaît le jour et l'heure de notre mort. Vous soignez, docteur, mais Lui guérit. La science ne peut aller contre sa volonté.

– En tant que médecin, j'ai bien l'intention de me battre. L'intervention chirurgicale s'est bien déroulée, et avec une chimiothérapie complémentaire, nous pouvons espérer la guérison. »

Je vis son visage se crisper et des plis apparaître sur son front. Il me regarda d'un œil sévère comme si je l'avais blessé.

« Je suis totalement opposé à ce genre de traitement », me dit-il.

Je l'observai, surpris. C'était la première fois que l'on me donnait un avis négatif aussi catégorique.

« Il faut respecter la nature.

– Quelle nature ? lui répondis-je, énervé. Celle qui permet le développement d'une tumeur chez une jeune femme ? Je passe mon temps à lutter contre ses méfaits. Accepter sa domination, c'est nier mon rôle de médecin. Que l'on hésite à entreprendre une chimiothérapie lorsqu'on doute de son efficacité, soit. Mais dans le cas de votre femme, l'indication ne se discute pas.

– J'entends, docteur, que mon épouse ne devienne pas une sorte de zombie avec vos médicaments, mais reste une femme à part entière, capable d'élever ses enfants et au besoin d'en mettre encore au monde.

– Désolé, mais chimiothérapie ou pas, la grossesse est définitivement contre-indiquée chez votre femme. Les modifications hormonales qu'elle entraîne favoriseraient une récidive et une évolution fulgurante de la tumeur, mettant la vie de votre femme en danger. »

Il serra très fort son porte-clés dans son poing et tapa sur la table.

« Écoutez, docteur, vous pouvez exprimer un avis de technicien, mais le sort de ma famille me regarde. C'est moi qui décide.

– Votre femme aussi, peut-être, rétorquai-je sèchement.

– Je ne veux pas entendre parler de ces drogues. Je suis pour le respect de la vie, contre la stérilisation des êtres. Docteur, quand on a la foi, on peut déplacer des montagnes. Je suis sûr que ma femme s'en sortira parce que je l'ai demandé à Dieu. Et Dieu m'exaucera. J'ai confiance en lui, pas en votre science.

– Monsieur Kervert, dans le cas de votre femme, une attitude dogmatique pourrait lui être fatale. Ne prenez pas ce risque, vous le regretteriez. Si vous doutez de moi, demandez l'avis d'autres équipes, mais je vous assure que la grossesse est chez elle définitivement contre-indiquée. »

Il se leva brusquement et me tendit une main.

« Je vous remercie pour votre travail et vos conseils. Mais ma femme sortira la semaine prochaine, comme les chirurgiens me l'ont proposé. »

Il fit une dernière fois cliqueter son trousseau de clés avant de l'enfouir dans sa poche, tourna les talons et disparut. Je fulminais. Comment pouvait-on être aussi borné ? La seule façon d'éviter le drame était de convaincre sa femme, mais je la sentais si dépendante… J'attendis le départ de son mari pour lui rendre visite. La chambre était dans la pénombre.

« Je somnolais, me dit-elle en se redressant. Vous avez vu mon mari ? Je sors bientôt ? »

Je pris mon temps pour lui expliquer que la tumeur retirée par les chirurgiens présentait en plusieurs endroits des foyers de cellules malignes et qu'il fallait absolument une chimiothérapie complémentaire pour éviter une récidive. Mes explications restèrent vaines. Son mari m'avait précédé. Elle allait bien et ne voyait pas l'utilité d'entreprendre un traitement désagréable. Je finis par m'énerver :

« Madame Kervert, votre vie est en jeu. »

Elle baissa la tête et perdit subitement sa fausse assurance. Elle fixa le sol à l'infini.

« Oh, ma vie n'a pas grande importance ! Mes enfants sont mon seul souci. Je suis prête à tout accepter pour préserver mon ménage. »

Elle se tut. Je vis des larmes silencieuses couler le long de ses joues.

« Tous ces événements m'ont beaucoup marquée. Lorsque je suis tombée malade, j'y ai vu un signe du Ciel, un moyen de ressouder ma famille. J'étais prête à ce sacrifice, mais je me suis trompée. La maladie ne rapproche pas, elle continue à détruire. Peut-être plus sournoisement. »

Elle hésita un long moment avant de reprendre.

« Aujourd'hui, je vis avec mon mari une période d'accalmie, et je n'ai aucune envie de menacer cet équilibre précaire en m'opposant à lui.

– Cet équilibre dépend aussi de votre santé.

– Je souhaite par-dessus tout préserver la paix de ma maison pour mes enfants. »

Je regardais avec compassion son visage triste, ses cheveux collés et ses joues creusées par la maladie et les années d'oubli.

On avait depuis longtemps détruit en elle toute féminité et tout désir de séduction. Elle avait l'air d'une bête blessée, n'espérant plus rien qu'un coin tranquille pour se reposer. Je la quittai sans illusions. J'avais tenté l'impossible, mais sa détermination paraissait inébranlable. Je ne savais plus que penser. J'oscillais entre le fatalisme et la révolte. La médecine se révèle impuissante face aux croyances.

Les explications qu'avançait son mari pour refuser la chimiothérapie ne me satisfaisaient pas. Il y avait dans l'histoire de ce couple quelque chose qui m'échappait. Mais quoi ?

Le lendemain matin, M. Kervert vint chercher son épouse avant l'arrivée de l'équipe médicale.

Quinze jours plus tard, sa femme ne se rendit pas à la consultation prévue. Pendant six mois, je n'entendis plus parler d'elle. Je finis presque par l'oublier.

Un mardi de juin, le nom de Caroline Kervert réapparut dans ma liste de consultants. À ma grande surprise, je découvris une femme presque épanouie, avec quelques kilos en plus, vêtue d'une robe à fleurs. Un rien de fard sur le visage la rendait même coquette. Que s'était-il passé ? Je lui avouai ma satisfaction de la revoir en si bonne santé.

« Vous voyez, me dit-elle d'un ton légèrement provocant, mon mari avait raison. La chimiothérapie m'aurait achevée. »

Je ne répondis pas. Je restais convaincu de la justesse de mon indication mais, après tout, si je m'étais trompé, tant mieux. Au fait, pourquoi venait-elle me consulter ? Depuis quinze jours, elle se plaignait de vomissements sans raison.

« Ne me dites pas que…

– Voilà trois semaines que je n'ai plus mes règles. »

Tout mon plaisir de la retrouver disparut subitement. Je rageais.

« Que voulez-vous que je vous dise ? Vous n'avez pas voulu m'entendre. Je vous avais prévenue. »

Elle baissa les yeux et adopta une allure de petite fille prise en défaut.

« Nous avons fait attention mais…

– Il fallait prendre un moyen contraceptif efficace.

– Vous le savez, c'est contraire à nos convictions. Et puis, mon mari a insisté. Il voulait un autre enfant. Pendant des semaines, il m'a suppliée, il n'a jamais été aussi doux à mon égard. J'ai cédé. C'était pour nous un pari sur la vie. »

Je faillis exploser, lui crier qu'il n'était pas possible d'être aussi obtus. Elle me regarda avec un air de victime.

« Vous n'avez plus qu'une solution, lui dis-je, interrompre d'urgence cette grossesse. Sinon, vous risquez une récidive grave de votre maladie.

– C'est impossible. Mon mari n'acceptera jamais.

– Alors, pourquoi êtes-vous venue me voir ? »

Elle éclata en sanglots.

« Parce que j'avais besoin de me confier, bredouilla-t-elle. J'ai peur. »

J'attendis qu'elle retrouve son calme. Je lui exposai une nouvelle fois les conséquences prévisibles de la grossesse sur l'évolution de son cancer, et lui affirmai qu'aucune religion digne de ce nom ne pouvait lui imposer ce risque. J'avais la conviction que le désir de Dieu était de la voir éduquer ses enfants. J'aurais appelé à mon secours Allah, Krishna, Bouddha, tous les dieux et tous les saints de la Terre, pour lui faire entendre raison. Devant ma détermination, je la vis reprendre espoir.

«Je vais y réfléchir, me dit-elle. S'il n'y avait que moi... mais vous connaissez mon mari.»

Je proposai à Mme Kervert de le revoir pour essayer de le convaincre. Elle se confondit en remerciements. J'étais son sauveur, son soutien. Je crus un instant la partie gagnée.

J'attendis vainement. Les jours passèrent sans le moindre signe des époux Kervert. Je finis par téléphoner à leur domicile.

«Ne vous mêlez pas de nos problèmes, docteur, me dit la voix sèche de son mari. Ayez l'obligeance de ne plus nous importuner. Sachez qu'elle est maintenant suivie par l'un de vos confrères. Merci et adieu.»

Il raccrocha avant que j'aie eu le temps de hurler dans l'appareil que je trouvais son attitude criminelle. Dérouté par tant d'absurdités, je décidai d'abandonner la famille Kervert à ses dogmes.

Un an plus tard, au cours d'une discussion, une aide-soignante de mon équipe évoqua l'entreprise Kervert où travaillait son mari. Je pris immédiatement des nouvelles de la santé de la femme du patron.

«Elle est décédée, me dit-elle, il y a six mois environ. Pauvre Mme Kervert, elle n'a pas eu la vie drôle. La collaboratrice de son mari était sa maîtresse. C'était de notoriété publique. Du reste, il vient de se marier avec elle. La mort de sa femme l'a bien arrangé, d'autant qu'il y avait derrière un bel héritage. L'entreprise appartenait à son épouse.»

Je restai abasourdi. Subitement me revinrent en mémoire toutes ces réflexions qui m'avaient mis mal à l'aise.

« Dans combien de temps, docteur ?... Je suis opposé à la chimiothérapie... Je suis pour le respect de la nature. »

J'eus l'impression d'avoir assisté, impuissant, à une sorte de crime parfait.

Le secret du père Jérôme

Il m'appela au téléphone un Vendredi Saint, en fin de consultation. Dès les premières paroles, je reconnus sa voix, absente depuis vingt ans. Elle avait gardé une douceur monacale teintée d'une jovialité paysanne. « Comment vas-tu mon frère ? » Je restai interloqué par cette apparition phonique et me contentai de sourire devant le combiné en répétant : « Mais très bien, très bien. Père Jérôme… Pour une surprise… »

Après des banalités de circonstance et l'évocation de souvenirs, le père Jérôme coupa court aux effusions. « Docteur, fit-il d'une voix mi-grave mi-humoristique, j'ai besoin de vous. Votre serviteur est malade. » La voix avait perdu son assurance. Sa demande brouilla le charme de nos retrouvailles. L'ami se transformait en consultant. La voix poursuivit : « J'ai besoin de connaître la vérité. » Le désarroi devenait manifeste. Je perdis mon sourire et repris l'attitude attentive du soignant. Il entra tout de suite dans le vif du sujet, me noya sous un flot de paroles pour me décrire ses nausées, ses maux de ventre. Il évoqua sans pudeur l'aspect de ses selles devenues ces derniers temps d'une drôle de consistance, d'une curieuse odeur et d'une étrange couleur. Il entrecoupait ses descriptions de « qu'est-ce que tu en penses ? », sans attendre la réponse. Surtout, sa perte de poids incontrôlable l'inquiétait. Il me lut ensuite une litanie de résultats biologiques avant de passer aux comptes rendus radiologiques. Le diagnostic s'avérait évident. Une saloperie.

Il était tard et je n'avais pas le courage d'engager au téléphone une discussion sur les traitements et les risques pronostiques. Je lui mentis, assurant qu'on ne pouvait rien affirmer sans une lecture attentive du dossier et, pour couper court à la discussion, lui proposai de lui rendre visite le surlendemain, jour de Pâques. L'annonce de ma venue eut un effet magique. Sa voix redevint joviale. « Grâce à Dieu, ajouta-t-il, à toute chose, malheur est bon. Mes troubles digestifs vont nous donner l'occasion de nous revoir. » Puis il voulut se rassurer sur notre amitié en évoquant quelques souvenirs, avant de raccrocher le combiné.

Toute la soirée, me revint en mémoire sa silhouette de moine heureux dont la tête rondouillarde et le crâne rasé lui avaient permis de traverser les ans sans vieillir. Je n'avais jamais su, du reste, quel âge il avait exactement. Je ne pouvais penser à lui sans revoir son sourire qui m'avait subjugué. J'avais rencontré le père Jérôme bien longtemps auparavant, à l'occasion d'un passage à l'abbaye lorsque j'étais adolescent. Je ne sais pour quelle raison il avait jeté sur moi son dévolu. Il m'avait fait visiter les ateliers, initié au travail des vitraux. Les années suivantes, j'étais retourné régulièrement au monastère non par vocation mais pour y trouver le calme capable d'atténuer mes angoisses de jeunesse, et le père Jérôme avait ce pouvoir.

Je connaissais fort peu de choses de sa vie. Il parlait rarement de lui-même et de son passé. À cette époque, je ne cherchais pas vraiment à connaître qui se cachait derrière cette silhouette accueillante que j'appelais « mon père ». Aux détours d'une conversation, j'avais découvert son origine paysanne. Il m'avait exprimé sa reconnaissance infinie pour l'abbaye qui l'avait sorti de son milieu fruste pour l'initier aux merveilles de la vie spirituelle. Un autre jour, j'appris qu'il était entré dans la vie monastique vers l'âge de vingt-cinq ans. « J'ai connu bien des filles auparavant... », m'avoua-t-il avec malice, et une certaine fierté. La vie monacale ne lui avait pas fait perdre son pouvoir de séduction. Lorsqu'il apparaissait sur le parvis de l'église, une nuée de relations d'hier et d'aujourd'hui l'entourait comme des oiseaux. On lui parlait français, anglais, espagnol ou allemand. Ses fidèles liaient connaissance sur la seule base d'une vénération commune. À m'en rendre jaloux.

Cette réputation finit par agacer également les autres « frères en Jésus-Christ ». Je découvris un jour que le père abbé l'avait muté aux cuisines pour lui apprendre l'humilité. Quant au père hôtelier, il prit maints détours pour me rappeler que dans chaque moine se trouvait un homme qui n'était pas à l'abri des tentations de Satan. Un avertissement superflu car jamais je n'avais perçu dans l'attitude du père Jérôme la moindre ambiguïté. Comme il devint difficile de le rencontrer, j'espaçai mes séjours à l'abbaye. La vie, le temps et mon évolution religieuse firent le reste. Entre nous s'installa un long silence coupé de quelques cartes de vœux protocolaires, d'échanges de brèves nouvelles, mais je gardais la certitude qu'il suffirait d'un coup de téléphone pour reprendre la discussion à peine interrompue. Je venais d'en avoir la preuve.

Le soir de son appel, je cherchai dans un vieil album la seule photo que je gardais de lui. Sur un fond de transparence ensoleillée, un moine heureux âgé d'une cinquantaine d'années tenait paternellement par l'épaule un jeune homme en manteau bleu, au sourire triste, au regard sévère. Me revinrent en mémoire ces journées d'automne où, moines et résidents, nous nous transformions pour un temps en ouvriers agricoles, obéissant en cela aux orientations de l'abbaye qui prônait à l'époque le retour à la pauvreté et l'ouverture sur le monde du travail. Le trajet en camionnette se faisait joyeux le matin, silencieux le soir après dix heures de labeur épuisant.

Qu'étaient devenus tous ces moines que j'avais croisés ? Ce novice d'une trentaine d'années, immense, au visage allongé, au regard tragique. Un polytechnicien, chercheur en physique nucléaire et qui parlait six langues. Et cet autre qui portait toujours ses cheveux longs en couronne et travaillait à l'hôtellerie. Comment s'appelait-il ? Il était nerveux, obsédé par l'ordre, un vrai casse-pieds. Et Jacques, le père prieur, l'intellectuel officiel ? Ces visages oubliés me revenaient un par un. Pierre aux poteries, Marc aux cuisines, Étienne à la librairie…

Je rangeai la photo. Tous ces souvenirs me ramenèrent au père Jérôme et une question me traversa l'esprit : pourquoi a-t-il attendu d'être malade pour me faire signe ? M'aurait-il appelé autrement ? Qu'a-t-il besoin d'entendre qu'il ne connaisse déjà ? N'avait-il pas autre chose à me dire ?

Le jour de Pâques, je pris la route, et malgré l'heure précoce, je m'agglutinai aux colonnes de véhicules qui tentaient de fuir la capitale. Le trajet me prit plus de temps que prévu. En approchant de l'abbaye, je retrouvai progressivement cette lumière fantastique qui garde depuis des siècles quelques secrets mystiques. Je savais qu'au détour de la route, les arbres disparaissaient, la terre se faisait plate, et que surgissait à l'horizon, comme une apparition, l'ombre majestueuse de la basilique avec son clocher tendu comme un doigt vers le ciel.

Le secret du père Jérôme

Je garai difficilement ma voiture parmi des centaines d'autres dans l'allée principale bordée de platanes. L'air frais du printemps se chauffait au soleil de Pâques. Il était midi et le parvis de l'église attendait en silence la sortie de la grand-messe. Je pénétrai dans l'édifice et reçus de plein fouet la force conquérante d'un chant grégorien qui me ramena des années en arrière. Il résonnait sous les voûtes, faisant vibrer les vitraux, ébranlant les piliers, envoûtant les fidèles, imposant aux autres le respect.

Bientôt les portes de la basilique s'ouvrirent aux sons des cloches et d'un orgue qui tonnait un Bach triomphant. Perdu dans la foule, je cherchais parmi toutes les bures celle de mon ami. Un moine me renseigna : le père Jérôme servait à la librairie. En ce jour de la résurrection, on s'y pressait pour de « saintes » emplettes. Les étalages regorgeaient de livres et d'objets pieux, mais aussi de disques, de céramiques, de miel et de divines confitures. Je me frayai un passage dans cette foule gourmande qui butinait les étalages. Je l'aperçus derrière le tiroir-caisse, tenant un chèque d'une main, une carte bleue de l'autre, le regard absorbé par le compteur de la machine enregistreuse. Il paraissait trop affairé pour se rendre compte de ma présence. Je me tins à distance, attendant patiemment le moment où il lèverait la tête. La vie monastique lui avait conservé son visage, peut-être un peu maigri mais sans la moindre ride. Quant aux cheveux blancs, la tonsure les avait emportés. Impossible d'imaginer que cet homme avait plus de soixante-dix ans.

Il releva enfin la tête et m'aperçut. Il demeura pétrifié, un paquet dans une main, un billet dans l'autre, et, pendant quelques secondes, nos regards échangèrent ce que des années d'absence avaient retenu d'amitié. J'aurais été incapable de prononcer le moindre mot. Je m'apprêtais à le serrer dans mes bras lorsqu'une vieille femme lui demanda : « Pour ces images, je vous dois combien, mon père ? » La magie s'envola. Il remit à l'intruse sa monnaie. Déjà un autre client se manifestait avec du miel, des bonbons et une statue de la Vierge. Le père Jérôme fourra les billets dans la machine sans me quitter du regard, puis se pencha vers son collègue avant de me faire signe.

« Impossible de quitter mon poste, il y a trop de monde aujourd'hui et mon collègue ne veut pas me remplacer.

– Explique-lui qu'on ne s'est pas revu depuis vingt ans ou dis-lui que je suis un médecin venu te consulter.

– Il ne veut rien savoir. C'est un mauvais coucheur. Je serai libre à quinze heures. Reviens me chercher après le déjeuner. »

J'abandonnai mon ami à ses chèques et ses billets de banque, et partis en quête d'un restaurant. J'errai dans le village. Les tables avaient été prises d'assaut, on affichait complet. Par chance, une petite épicerie qui ne respectait pas la trêve pascale m'approvisionna en vin, pain et pâté. Je remerciai le mécréant et me dirigeai vers le fleuve pour pique-niquer.

Mon frugal repas terminé, je m'étendis pour profiter des derniers rayons de soleil. Je traînai mon ennui en attendant quinze heures lorsque, soudain, j'eus l'impression qu'il m'attendait et que j'étais en train de perdre un temps précieux. Je pressai le pas vers la basilique. Il était assis sur un banc de pierre, à l'abri de toute sollicitation. Dès qu'il me vit, il se dirigea vers moi d'un pas incertain, sans son habituel sourire. Pour la première fois, je le trouvai vieilli. Il m'entoura comme autrefois de son affection paternelle.

« Désolé pour ce matin.

– Le commerce a ses exigences.

– Les gens dépensent ici des sommes considérables. Finis les travaux agricoles d'autrefois. Nous sommes redevenus une abbaye très riche. Comme par le passé... Mais je t'avouerai qu'aujourd'hui, j'ai d'autres soucis en tête. Viens, j'attends ton avis avec impatience. »

Il me fit pénétrer dans un petit parloir, une pièce minuscule où l'on tenait difficilement à deux. Elle s'ouvrait entièrement par une baie vitrée sur un patio fleuri. Sur le prie-Dieu attendait un paquet de radios. Il me tendit le dossier sans dire un mot. Tout en inspectant les clichés devant la vitre transformée en négatoscope, je complétais mon interrogatoire. Il reconnut que ses troubles dataient d'un an.

« Pourquoi avoir attendu si longtemps pour consulter ? »

Il me sourit :

« C'est grave, n'est-ce pas ? »

La tumeur se révélait énorme, envahissante, difficilement extirpable. Il insista.

« Tu peux me dire la vérité. Ai-je une chance de m'en tirer ? »

J'expliquai les difficultés d'établir un pronostic précis, et lui sortis un discours classique et maladroit sur les résultats statistiques. Je conclus :

« Disons qu'il ne faut pas retarder la date de l'intervention. »

Il soupira, puis plongea une main sous sa bure, en sortit un calepin qu'il se mit à feuilleter. Il chercha la page où était inscrite une liste de noms.

« Il reste dans l'abbaye deux moines plus âgés que moi. Je crois que c'est bientôt mon tour. » Il se tut. Puis les mains jointes devant ses lèvres, médita longuement. « Mon père, reprit-il doucement, est mort l'an dernier. À quatre-vingt-dix-sept ans. Quand ma mère m'a prévenu, il était trop tard. Je regrette de n'avoir pu être à ses côtés les derniers jours. Notre règle a parfois quelque chose d'inhumain. »

C'était la première fois que je l'entendais exprimer une note d'aigreur à l'encontre de son ordre, comme si la maladie l'autorisait à libérer une rancœur longtemps retenue. Il reprit d'un ton acide :

« Le père abbé m'a donné en tout et pour tout quatre jours pour l'enterrer. Pas un de plus, malgré mon insistance. En cinquante ans de monastère, je n'avais jamais réclamé la moindre permission. J'ai dû laisser ma vieille mère accomplir seule les formalités. Et en plus, il a retiré ces quatre jours de la semaine qui nous est accordée chaque année pour voir nos familles. L'an dernier, je n'ai eu que trois jours pour réconforter ma pauvre maman. Cet homme-là, vois-tu, ne se conduit pas en père. J'ai fait le vœu d'obéissance, mais pas celui de me taire. Je lui ai dit : "Vous avez peut-être été élu pour vos connaissances théologiques mais vous êtes un homme sans cœur. Si vous aviez vécu au temps du Christ, vous auriez laissé lapider la femme adultère." »

Il y avait dans ses yeux des éclairs d'orage. J'étais médusé.

« Sais-tu ce qu'il m'a répondu ? Rien. Rien, répéta-t-il. Pas un mot. Il m'a regardé froidement sans desserrer les dents. J'avais l'impression de parler à un mur. Cette abbaye a bien changé. » Il ajouta en levant la main dans un geste de dépit : « Alors, partir… » Puis il se tourna vers moi, me sourit à nouveau. « Viens, je t'emmène faire un tour. »

Me tenant par l'épaule, il m'entraîna vers le petit jardin situé derrière le cloître et s'arrêta devant trois peupliers magnifiques qui rejoignaient leurs feuillages en un céleste bouquet.

« Tu vois ces trois-là ? Ils vivent grâce à moi. Je les ai récupérés chez un pépiniériste qui voulait les jeter parce qu'ils étaient malades. Regarde-les, ils nous narguent aujourd'hui avec leur santé. Sais-tu quand je les ai plantés ? Il y a vingt-sept ans, lorsque nous nous sommes rencontrés. »

Je l'observai, étonné par la précision avec laquelle il avait mémorisé des événements dont j'avais oublié la chronologie. Notre marche nous mena dans un petit verger. J'évoquai les journées de cueillette de pommes.

« Tout cela est terminé. Le père abbé nous a supprimé le travail agricole. Nous sommes, estime-t-il, les ouvriers de Dieu et non des hommes. Nous ne devons plus perdre de temps à des tâches inutiles. Aujourd'hui, nous ne sommes plus dans le besoin. Nous avons reçu une très grosse somme d'argent grâce à un héritage. Une somme, je crois, considérable. Elle nous a permis de construire toute l'aile droite du bâtiment des visiteurs. Nous avons un père qui gère tout cela sur Internet. »

Je pensai alors au jeune polytechnicien qui parlait six langues. Peut-être était-ce lui le gestionnaire ?

Le père Jérôme hocha la tête en regardant au ciel, avec une moue de déception.

« Non, celui-là n'était pas assez humble. Il est retourné à la vie civile. Malheureusement, cet échec l'a aigri. Il vient de publier un livre qui, d'après le père abbé, est un tissu de calomnies sur l'abbaye. Il y critique tout, paraît-il, la richesse, la sexualité, le conservatisme des monastères. Quoi qu'il en soit, son départ est, pour nous tous, un échec. Partir après vingt-cinq ans de vie monastique ! »

Il hésita, puis se tourna vers moi.

« Son livre, il nous est interdit de le lire. Je sais qu'il est paru aux éditions du Haut-Parleur sous le pseudonyme de Gérard Matrin. »

J'inscrivis ces références dans ma mémoire avant de lui demander des nouvelles d'un autre moine, celui qui s'occupait de l'hôtellerie, un homme un peu bourru qui lisait au réfectoire la règle du saint fondateur avec un accent du Midi. Chacune de ses phrases déclenchait un rire étouffé dans l'assistance ; un laisser-aller que combattait la clochette du père abbé. Comment s'appelait-il déjà ? Il avait une couronne de cheveux longs.

« Tu veux parler du père Mathieu ? Lui, c'est autre chose. Ses parents lui ont légué un héritage confortable. Dès lors, il n'a eu qu'une idée : s'acheter une voiture et une télévision. Incroyable, après plus de trente ans de vie religieuse, il ne rêvait que de cela. Une obsession. Il a quitté le monastère, il y a cinq ans environ, et vit reclus dans le Midi… avec sa voiture et sa télé. Le monde est bien étrange. »

J'hésitai à demander d'autres nouvelles de ces êtres que je voyais passer autrefois comme des ombres, mi-homme, mi-saint. Il me restait en mémoire le père prieur, avec qui j'avais beaucoup discuté. C'était un homme gai et avenant qui parlait de Camus comme de saint Thomas d'Aquin, de Mozart comme de Malher. Il faisait partie des rares moines qui avaient le droit de lire la presse.

« Il est mort, me dit-il, il s'est étouffé en mangeant un morceau de tarte. »

Je crus qu'il plaisantait, mais non, il paraissait même peiné par l'évocation de ce souvenir.

«Je l'aimais bien, le père Michel, me dit-il. Il riait tout le temps. C'est du reste en riant qu'il s'est étouffé. Vraiment une mort stupide. Ou peut-être une belle mort, après tout. Plus originale que de disparaître d'un cancer.»

Je ne savais plus que dire devant cette invraisemblable hécatombe. La réalité dépassait l'imagination. Je marchais en silence, décidé à laisser dans l'oubli les autres moines. Il regarda sa montre, parut hésiter comme s'il voulait me dire encore quelque chose, puis m'expliqua qu'il était désolé de ne pouvoir m'accorder plus de temps car il devait reprendre son poste à la librairie. Sa précipitation m'agaça. Hier, il voulait me consulter en urgence, j'avais roulé des heures pour répondre à son appel, et maintenant il me renvoyait après quelques minutes passées en sa compagnie. Alors, pourquoi donc m'avait-il fait venir ? Je me sentais un médecin inutile et un mauvais confident. En trois quarts d'heure, il n'avait parlé que de lui. Pas une question sur moi, sur mon histoire, ma famille, mon évolution. Avait-il peur de découvrir le fossé que vingt années avaient creusé entre nous ? Je n'eus plus envie de poursuivre l'entretien. On se dirigea insensiblement vers l'allée de platanes où j'avais garé ma voiture lorsqu'il s'arrêta soudain. Il sortit de la poche de sa bure un vieux portefeuille noir au cuir usé, l'ouvrit et me tendit une photo :

« C'est la seule que je porte sur moi depuis des années. Je ne me souviens plus qui l'avait prise. Tu avais l'air sombre à cette époque. »

Je reconnus le cliché que j'avais moi-même gardé et sur lequel un moine joyeux tenait par l'épaule le jeune adolescent romantique que j'étais.

«Je ne t'ai même pas demandé des nouvelles de tes enfants.»

Je résumai vaguement leur devenir, les études, les amis, la fac, une série de banalités. Mais avant de terminer mon exposé, il m'interrompit:

«Moi, je n'ai jamais connu ces problèmes d'enfants. Encore que… Si tu savais…»

Il s'arrêta, réfléchit longuement, regarda machinalement autour de lui, puis me fixa en fronçant le front:

«Je sais que je vais bientôt mourir. Je garde au fond de moi un secret. Un secret qui me pèse depuis tant d'années.»

Il hésita encore, regarda vers le ciel comme pour le prendre à témoin puis soupira:

«Il y a bien longtemps, j'ai fait mon service militaire en Allemagne, à Baden Baden. J'étais jeune en ce temps-là. Là-bas, j'ai fréquenté une jeune Allemande, j'en étais très amoureux. Un jour, elle m'a appris qu'elle attendait un enfant. Un enfant de moi…» Il s'interrompit, me scruta pour s'assurer que je saisissais bien l'ampleur de son aveu. «C'est fou ce qu'on est lâche à vingt ans. Pris de panique, je les ai abandonnés, comme cela, honteusement, sans rien dire. Un an plus tard, j'entrai au monastère. Cet enfant doit avoir aujourd'hui…» Il fit semblant de calculer… «je crois bien ton âge. Exactement ton âge…»

Je le regardai, interloqué.

«Comment sais-tu qu'il est vivant?

– Il vit, j'en suis persuadé. En tout cas, il vit en moi depuis ce temps.»

Le père Jérôme me prit par les épaules et me dit à l'oreille :

« Tous les jours, je pense à lui. Depuis plus de quarante ans, il m'obsède. Je l'ai vu grandir dans les enfants des autres. Peut-être me cherche-t-il aujourd'hui ? Il ne saura jamais que son père est un moine... Un moine qui va bientôt mourir. »

Suivit un long moment.

« Je n'ai révélé ce secret à personne, pas même à mes parents ni à mon confesseur. Je te l'ai livré car j'imagine mon fils exactement comme toi. »

Il lâcha mes épaules, remit ses mains sous sa bure, et regarda le ciel.

« Nous allons avoir de la pluie, ce soir... Après-demain, je serai hospitalisé. Je demanderai au médecin de t'envoyer le compte rendu de l'intervention chirurgicale. »

Je le regardai silencieux, abasourdi par sa révélation. Pas une seconde je ne songeai à son opération. Allait-il vraiment se faire opérer ?

Il m'enlaça, me serra longuement contre lui avec l'émotion silencieuse des adieux.

« Allez, mon fils... que la paix de Jésus-Christ soit toujours avec toi, me souffla-t-il à l'oreille. Je te remercie d'être venu. Bonne chance. »

Puis, sans se retourner, il se dirigea vers la boutique.

Je n'oublierai jamais sa silhouette noire, un peu voûtée, qui s'éloignait de moi en boitant. Je regardai ma montre. Nous avions passé ensemble à peine une heure.

Je repris la route. Au péage de Fontainebleau, je m'aperçus que jc l'avais quitté sans connaître la clinique où il devait se faire opérer. Sans même lui avoir souhaité bon courage. J'eus la certitude qu'il en avait décidé ainsi et que je ne le reverrais plus.

La révoltée des quatre-saisons

Ce jour-là, je quittai ma consultation avec un sentiment de lassitude et d'inutilité. J'avais fait mon possible pour être confident, juge, assistant social, curé de campagne, Robin des Bois et voyant extralucide. J'avais donné tout ce dont je disposais : des comprimés et du réconfort, des gélules et de l'espoir. Mais comment lutter en permanence contre les méfaits de cette nature broyeuse de corps et ceux de cette société broyeuse d'âmes ? C'était un combat par trop inégal.

Au cours du même après-midi, j'avais reçu un jeune toxicomane qui réclamait une quatrième cure de sevrage, un chauffeur de poids lourd alcoolique qui venait de perdre son permis de conduire, son travail et sa femme, une mère de famille nombreuse qui m'avait avoué tout de go qu'elle était née dans une poubelle... Sans parler de cette jeune femme de trente-trois ans, déprimée depuis son intervention pour un cancer du colon... Entre deux malades, l'infirmière de l'étage m'avait téléphoné pour me prévenir que M. Galthier était sorti contre avis médical. Cet homme, sans domicile fixe, avait attrapé, en couchant dehors, une mauvaise pneumonie qui avait nécessité un séjour d'un mois en réanimation et de trois semaines dans mon service. Il était guéri depuis quinze jours et espérait une place dans un foyer d'accueil. En vain. Lassé d'attendre, il avait décidé de rejoindre la rue, le froid et ses amis. Sans un sou en poche, bien sûr, puisque la société avait déjà dépensé pour lui, en deux mois d'hospitalisation, une somme considérable. Une somme qui lui aurait permis de vivre décemment pendant deux ans.

Comment exercer la médecine au pays d'Ubu ? Certains jours, j'ai envie de hurler : « Assez, je n'en peux plus. Laissez-moi. Adressez-vous aux responsables, grands ou petits. Appelez le maire, le curé, le député ou le président. Sinon, révoltez-vous. Mais, par pitié, oubliez que j'existe, laissez-moi rentrer chez moi. » J'allais justement partir quand le téléphone sonna. « On vous appelle aux urgences pour voir une patiente. » Et je dus sans tarder retourner dans ce monde fou.

J'appris qu'il s'agissait de Berthe Coulemier. Le jeune interne qui venait de prendre ses fonctions ne connaissait pas encore cette fidèle parmi les fidèles qui séjournait périodiquement chez nous pendant les grands froids. L'été, elle repartait pour Paris, du côté de Saint-Germain-des-Prés. Quand Mme Coulemier arrivait aux urgences, elle s'asseyait tranquillement parmi la foule, étalait sur les sièges voisins les sacs qui lui servaient de valises, sans se soucier des sarcasmes et des protestations. Quelques secondes plus tard, elle avait fait le vide autour d'elle : tout humain à l'odorat normalement constitué ne pouvait tenir plus de deux minutes à ses côtés. Elle avait les cheveux blancs, le visage bouffi et rougi par l'alcool, et portait en permanence sous son manteau une blouse grise d'instituteur. Dessous, elle cachait sa garde-robe, ce qui l'obligeait à marcher les bras écartés et lui donnait une allure de pingouin.

Avant de la faire entrer dans la salle d'examen, l'infirmière m'assura qu'elle venait de lui donner un triple bain.

« On lui a retiré, me précisa-t-elle en comptant sur ses doigts, deux manteaux, cinq gilets, deux robes, deux culottes et trois paires de bas. J'ai envoyé le tout à la désinfection. »

Le rapport de police notait qu'on l'avait découverte dans le sous-sol du parking du centre commercial où elle avait élu domicile. Je pénétrai dans le cabinet de consultation avec quelques appréhensions olfactives, mais il flottait dans l'air une odeur de parfum bon marché. Mme Coulemier discutait avec une soignante. Elle les connaissait toutes. « Alors, ma fille, lui disait-elle d'une voix douce, t'es pas encore mariée ? T'as bien raison. » Puis elle se tourna vers moi et changea brutalement de ton : « C'est qui celui-ci ? Je n'l'ai jamais vu. Vous êtes docteur ? Alors, regardez ma jambe. »

Elle releva jusqu'aux cuisses la chemise qu'on venait de lui enfiler et exhiba un membre rouge gonflé de graisse et d'œdème, couvert de croûtes avec, malgré les bains, des orteils incrustés de taches noires et des ongles bombés comme des coquillages. Le mal ne datait pas d'hier : les lésions remontaient jusqu'au genou.

« Vous avez une infection sous la peau, lui dis-je. Cela nécessite un traitement antibiotique. »

Et j'ajoutai : « Nous appelons cela un érysipèle.

– Appelez cela comme vous voulez, m'interrompit-elle avec insolence, tout ce que je veux, c'est retrouver ma jambe et fiche le camp le plus vite possible. »

Elle regarda son membre tuméfié et soupira :

« Dommage, elle était jolie autrefois. »

Elle se retourna vers l'aide-soignante : « Profite bien de tes vingt ans, ma fille. »

Berthe Coulemier les avait perdus depuis longtemps et, en l'absence de papiers d'identité, personne ne connaissait son âge réel. Était-ce par pitié ou par sympathie pour son personnage ? Je décidai de la prendre dans le service. Pour la changer du parking et des cartons, on la conduisit dans une chambre coquette et on la coucha dans des draps blancs. Elle bénéficia de la télévision de la voisine, et les infirmières lui offrirent le lendemain le pot de cyclamen d'une patiente sortie la veille.

Le personnage de Mme Coulemier n'avait rien de très original : tous les services d'urgence reçoivent en période hivernale des « sans domicile fixe » qui trouvent dans l'hôpital public un dernier recours. Si le traitement ne devait poser aucun problème, j'étais inquiet pour la suite. Qu'allait-elle devenir à la sortie ? Retourner vers le froid ? C'était inacceptable. Comme prévu, les antibiotiques prescrits par voie intraveineuse firent merveille. En quelques jours, la fièvre chuta et la rougeur à la jambe disparut. Devant ce résultat, je décidai d'arrêter les perfusions et de prescrire les médicaments par voie orale. Quarante-huit heures plus tard, la température remontait. Je mis en cause ma thérapeutique et repartis pour une nouvelle cure d'injections intraveineuses en décidant d'en prolonger la durée. Ce fut un nouveau succès suivi d'une récidive dans les mêmes circonstances. Je penchai cette fois pour une résistance des germes aux antibiotiques, mais à la troisième tentative, j'évoquai une autre hypothèse.

« Madame Coulemier, vous ne prenez pas vos comprimés, j'en suis sûr. Votre jambe est de nouveau infectée. »

Elle jura ses grands dieux qu'elle obéissait scrupuleusement à mes ordres. Je n'en crus pas un mot.

« Vous n'avez pas honte de me soupçonner comme ça ? se défendit-elle. Vous m'interdisez de me lever et vos infirmières me surveillent comme des gendarmes. » Doutant de sa sincérité, le lendemain, je profitai d'une brève absence pour un examen et inspectai sa table de nuit. J'y découvris un garde-manger avec les restes de la semaine, mais pas un seul comprimé. En désespoir de cause, je décidai de maintenir le traitement par voie intraveineuse jusqu'à guérison. Un jour, en entrant dans sa chambre, je lui dis machinalement : « Il est en train de mourir, votre cyclamen, madame Coulemier. »

À son regard gêné, j'eus subitement une intuition.

« Pas étonnant, ajoutai-je. Avec tous les antibiotiques que vous lui donnez, on crèverait à moins.

– Parfaitement ! s'écria-t-elle en montrant du doigt la plante qui s'étiolait, voilà dans quel état je serais si j'avais avalé toutes vos saloperies. »

Elle reconnut qu'à peine l'infirmière sortie, elle crachait sa thérapeutique dans le pot. Je tentai de la sermonner en lui expliquant que son attitude mettait en cause sa santé, me faisait perdre mon temps et que ces enfantillages coûtaient cher à la société. Elle hurla. « Ah, ça, la société, j'en ai rien à foutre ! Ne me parlez pas de toutes ces ordures. C'est de leur faute si j'en suis là. » La violence de sa réaction me surprit. Intrigué, je m'assis à ses côtés et l'invitai à m'expliquer les raisons de sa révolte.

Sa rancœur visait tous les représentants de la collectivité, allant de ces « vendus » d'élus de la nation à ces « exploiteurs » de l'administration en passant par les « gangsters » de l'immobilier, sans oublier ces « bonnes à rien » d'assistantes sociales et, bien entendu, ces « charlatans » de médecins. Tous s'étaient ligués pour lui soutirer ses quelques économies. « En arriver là, après quarante-trois ans de travail ! »

Elle me raconta qu'elle était vendeuse des quatre-saisons, au métro Pyrénées. Elle besognait dur. Dehors, par tous les temps. Jamais de vacances. « Et pas question d'être malade. Autrefois, dans le commerce, on n'avait pas la Sécu. » Après vingt années d'épargne, elle avait pu acquérir un petit appartement du côté de Belleville. Un jour, la mairie décréta l'immeuble insalubre et le couple Coulemier fut expulsé avec trois fois rien d'indemnité, plus une vague promesse de relogement dans une lointaine banlieue du Nord. « Ils ont tout rasé pour construire du moderne. Avec Robert – Robert, c'est mon mari –, on a refusé de quitter le quartier et les amis. Mais les locations, ça coûte cher. On a mangé rapidement notre petit magot. Surtout mon homme a fait du diabète, il a fallu le soigner, et à nos frais. On s'est retrouvés sans un sou. À coucher chez l'un, chez l'autre. Puis à l'hôtel et… dans la rue. »

Elle s'arrêta, pensive.

« Après quarante ans de travail, c'est-y pas malheureux ? »

Elle ne m'apprenait rien. Qui pouvait ignorer les circuits de la déchéance qui pénalisaient une population de gens « sans importance » ? Mais les événements prennent une autre dimension lorsqu'ils sont rapportés par un témoin. Sa réaction à ma remarque sur le coût de l'hospitalisation résultait du bon sens et de la révolte. Elle n'avait cure de nos exigences financières, on ne lui faisait pas la charité, elle réclamait son dû. Dans quelques jours, je l'aurais guérie d'une maladie autrefois mortelle, et mes responsabilités officielles devaient s'arrêter là. Ce qu'il adviendrait d'elle n'était théoriquement pas de mon ressort. Je me retrouvais de nouveau confronté à l'absurdité de ce rôle de médecin chargé de réparer les dégâts de la société avec des gélules et des perfusions.

« Parce que vous croyez qu'on va à l'hôpital par plaisir ? Je me suis toujours débrouillée seule. Dès que je serai guérie, je retournerai à Paris retrouver mon mari.

– Où est-il ?

– Il a été hospitalisé pour son diabète. À la Salpêtrière, je crois. »

Huit jours plus tard, Berthe Coulemier retrouva une jambe presque normale. Elle se leva et songea à nous quitter, lorsqu'il se mit à neiger. Nous avions gardé ses sacs et nous ne comptions pas les lui rendre avant la guérison définitive. L'assistante sociale finit par localiser Robert non pas à la Salpêtrière mais à l'Hôtel-Dieu. Réunir le couple devint notre objectif. Je proposai de les mettre à l'abri du froid et des problèmes de nourriture, mais compte tenu de leur âge et de leurs ressources, les possibilités apparurent limitées. L'interne du service parisien avait demandé, de son côté, un « placement » dans un hôpital de long séjour, un de ces bâtiments de la lointaine banlieue.

« J'ai toujours vécu libre et c'est pas aujourd'hui qu'on va m'enfermer. Parce qu'il aimerait, lui, finir à l'hospice ? Vous êtes bien gentils, les médecins, mais vous êtes comme les autres. Ça vous emmerde qu'on soit à la cloche. Dans ce cas, fallait pas nous laisser y aller. »

Elle eut tout à coup un sourire de satisfaction et d'orgueil. « Et puis j'en ai vu d'autres. Moi, pendant la guerre, j'ai fait de la résistance… Alors vous comprenez, votre hospice, merci. » Elle ajouta avec sagacité : « Et d'abord, pourquoi m'envoyer dans un autre hôpital si je suis guérie ? »

Elle avait parfaitement raison, ma solution était absurde... mais c'était la seule que les pouvoirs publics m'autorisaient à lui offrir. Dans mon secteur, il n'y avait rien d'autre pour soulager sa misère. Les foyers d'accueil refusaient les patients, surtout de son âge. Les maisons de retraite sociales affichaient complet pour plusieurs mois. Je ne disposais même pas de caisse de secours pour lui donner de quoi tenir quelques jours à l'hôtel. Pourtant, je ne pouvais me résoudre à l'idée de la renvoyer vers les parkings de banlieue ou sous les ponts de Paris.

Le service parisien qui s'occupait de Robert se heurta aux mêmes difficultés : les Coulemier n'ayant aucunes ressources, il fallait obtenir l'accord des instances départementales de l'action sanitaire et sociale. Autrement dit, des semaines d'hospitalisation inutiles et coûteuses en attendant l'autorisation. Berthe accueillit la nouvelle avec fatalisme : « Vous êtes vraiment entêté, me dit-elle. Puisque je vous dis qu'on ne veut plus de nous. »

Dehors il faisait un froid de janvier, à ne pas mettre un vieux dehors. Le cyclamen oublié un soir sur la fenêtre n'avait pas survécu. Nous dûmes chercher pour le couple une autre solution. Restait l'hôpital de moyen séjour, destiné théoriquement à une courte convalescence mais qui servait souvent de lieu de transit. Berthe accepta, à condition de récupérer « son » Robert. Les tractations avec l'hôpital parisien finirent par aboutir. À la fin du mois de février, elle nous quitta pour sa nouvelle résidence. Elle vérifia soigneusement avant de partir qu'on lui avait rendu toutes ses frusques, les compta une à une, découvrit quelques habits offerts par l'équipe, puis replaça l'ensemble dans des sacs de toile rouge et blanc. Son départ provoqua regrets mais aussi soulagement. Car pour être attachante, elle n'en était pas moins exigeante et ses caprices finissaient par lasser les plus dévoués. Sans compter les trafics de vin qu'elle organisait pour sa consommation personnelle et se faire un peu d'argent de poche. « L'habitude du commerce » me donna-t-elle comme excuse le jour où je la pris en flagrant délit. La veille de son départ, elle me dit :

« J'espère que c'est bien, là-bas ? »

Je lui assurai que les malades étaient « habituellement satisfaits ».

« Comment ça, "habituellement satisfaits" ? reprit-elle sur le ton du reproche. Vous ne connaissez donc pas l'hôpital où vous m'envoyez ?

– Pour être franc, avouai-je un peu gêné, j'en ai entendu parler, mais je n'ai jamais eu le temps de le visiter. »

Elle se rebiffa.

« Alors vous envoyez vos malades dans des endroits que vous ne connaissez pas ! Comment pouvez-vous savoir si c'est bien ? »

Mme Coulemier avait le génie de mettre le doigt sur toutes mes failles. D'habitude, les patients partaient sans poser de questions et il n'était pas dans les mœurs du monde hospitalier de se préoccuper de ce qu'ils devenaient. Le circuit fonctionnait depuis des années sans que personne le remette en cause. On recevait, on soignait, on expédiait où on pouvait, dans les hôpitaux de long séjour ou les maisons de retraite de la région. Nous nous rassurions un peu facilement grâce à la lecture des prospectus publicitaires ou l'avis des assistantes sociales. Depuis longtemps, je m'étais promis de visiter ces établissements, mais j'avais toujours remis à plus tard ce projet. Était-ce par négligence ou par crainte de ce que j'allais découvrir ? Mme Coulemier partit avec ma promesse d'une visite prochaine. Huit jours plus tard, je me perdis dans la campagne avant de découvrir cet ancien sanatorium transformé en un hospice nouvelle formule destiné à accueillir les vieux Parisiens qui avaient subi le même sort que les Coulemier.

Je découvris ma patiente dans une chambre à quatre lits, haute de plafond, aux murs peints d'un jaune douteux. Je notai que la commission d'hygiène avait limité le nombre de lavabos à deux par chambrée. La porte était ouverte.

Quand je l'aperçus, elle discutait fermement avec une petite femme toute en noir qui portait un béret.

« Fous-moi la paix », lui criait Berthe.

Mais l'autre cherchait à lui tenir de mystérieux discours. À mon arrivée, la voisine au béret s'éloigna en me jetant un regard de suspicion.

« Ah, vous voilà enfin ! me dit Berthe. J'ai cru que vous m'aviez oubliée. Si c'est ça votre château, vous auriez pu vous en dispenser. Vous avez vu avec qui je vis ? Les deux en face restent toute la journée dans leur fauteuil. Quant à celle-là, elle est ramollie du citron. Elle m'accuse de faire partie de la mafia et de lui jeter des sorts. Ah, vous pouvez être fiers de vous, les médecins ! Si vous appelez cela soigner les gens… Et impossible de boire une goutte, il n'y a pas une épicerie à la ronde. Quant au bistrot du village, on n'a pas le droit d'y aller. Le bagne, je vous dis. Jamais j'n'aurais dû accepter vos embrouilles. »

Je lui rappelai mes raisons humanitaires : ici, au moins, elle était nourrie, logée, chauffée, blanchie. Elle éclata de rire.

« Vous savez combien ça coûte ? me demanda-t-elle. Une infirmière me l'a dit. Une fortune. Avec la moitié du prix, j'aurais pu vivre comme une reine dans mon deux-pièces, à

Belleville. C'était pas la peine de se donner tant de mal pour me voler et dépenser aujourd'hui tant d'argent pour faire si moche. Ah, il tourne drôlement rond, notre monde ! »

J'évitai d'entrer dans une discussion perdue d'avance, car Berthe la clocharde avait raison sur toute la ligne. Je lui demandai des nouvelles de Robert.

« Au moment de partir, il a refait du diabète. Ils l'envoient la semaine prochaine. »

Elle se pencha vers moi.

« Mais je vous préviens, dès qu'il arrive, on se taille. Je ne vais pas moisir dans votre hospice. »

Elle ajouta avec mépris :

« Ici, c'est pas pour moi, il n'y a que des vieux. »

Je restai muet. C'est vrai, il n'y avait autour d'elle que des vieux de son âge, mais Berthe avait le goût de la liberté et cela lui donnait encore un air de jeunesse. Au moment de partir, je fus agressé par la voisine qui m'accusa de soutenir la mafia et de participer à la traite des blanches.

« Je suis une jeune fille, moi, monsieur, je ne me laisserai pas kidnapper.

– Armande, lui cria Berthe, fiche la paix au docteur ! »

Je pris congé de ma protégée sans promesse inutile. Je savais que, dans quelque temps, elle ne serait plus là.

« Dites, docteur, faut pas laisser mourir les vieux ici. Les gens ne savent pas ce qui s'y passe, vous devriez dire à tout le monde qu'on n'est pas des bêtes. »

Elle avait encore raison. Je me sentis coupable de ma négligence, de mon silence et, d'une façon générale, de celui de ma profession. La seule promesse que je fis à Berthe Coulemier fut de dénoncer un jour les conditions inhumaines dans lesquelles on abandonnait les personnes âgées. À la fin du mois de février, Berthe récupéra Robert. Elle attendit à ses côtés l'arrivée du printemps pour disparaître. Trois ans plus tard, je publiai une enquête qui révélait la misère de nombreuses institutions d'accueil pour personnes âgées.

Le jour du 14 Juillet

J'avais découvert dans le Languedoc une petite bâtisse qui répondait à mes exigences. Perdue entre la garrigue et les champs de cerisiers, elle était aussi confortable qu'une roulotte mais m'offrait le spectacle permanent d'un vieil ermitage abandonné. La première maison à l'horizon se trouvait loin, là-bas, derrière le bois d'oliviers. Je passais mon temps à lire et à peindre le paysage. Le village se trouvait à une dizaine de kilomètres, je m'y rendais un jour sur deux pour le ravitaillement en vivres et en eau. Je terminais la matinée par la lecture du journal en sirotant un pastis sous les platanes. Bref. J'étais heu-reux.

Le soir du 14 Juillet, je restais à contempler le coucher de soleil dans un concert de grillons, loin de la foule qui se pressait sur le pont du village pour assister au feu d'artifice dans le vacarme des décibels des premiers bals populaires. Je m'endormis comme un meunier. Vers minuit, ma femme me réveilla. Elle avait entendu du bruit. Je tendis l'oreille : on frappait à la porte. Les coups redoublèrent. L'isolement a ses avantages mais aussi ses inconvénients et, la nuit, le moindre bruissement stimule les sécrétions d'adrénaline. Qui donc osait troubler ma quiétude ? J'allumai une bougie et me dirigeai vers la fenêtre pour découvrir en bas l'importun. Une femme enveloppée dans un châle noir n'arrêtait pas de tambouriner.

« Que voulez-vous ? » criai-je courageusement.

Je n'eus, pour toute réponse, que des gestes désarticulés et des interpellations dans une langue incompréhensible.

Constatant que l'étrangère n'était pas accompagnée de quelque malandrin, je finis par lui ouvrir la porte.

« *Mi marido…* », me cria-t-elle, désespérée, en m'indiquant la direction de sa maison. Je reconnus l'épouse de l'Espagnol qui louait chaque année, avec sa famille, le cabanon derrière le bois d'oliviers, nos seuls voisins à l'horizon. Des amoureux de la solitude aussi discrets que nous. Nous nous croisions rarement, sauf en ville, où nous échangions un salut poli de la tête. Je ne compris rien à ses explications. « *Mi marido… enfermo…* » Son mari « enfermé » ? Dans la cave ou dans le placard ? Une chose était certaine, cette femme appelait au secours.

J'abandonnai les miens et ramenai en voiture la voisine jusqu'à son habitation. Leur maison se révéla encore plus petite que la nôtre, avec une salle à manger minuscule au rez-de-chaussée et une chambre au premier. Elle alluma des bougies et me conduisit à l'étage. Dans la chambre collective où dormaient deux enfants, il y avait un lit dans lequel reposait un homme d'une quarantaine d'années. Grand, maigre, le visage brun, crispé par des spasmes douloureux, une main sur sa poitrine pour en extraire le mal. Il parlait à peine mieux français que sa femme, mais je compris à ses gestes et aux quelques mots bredouillés la raison de leur inquiétude. Depuis deux heures, des crampes terribles l'empêchaient de respirer. Elles n'évoquaient rien de très caractéristique, mais leur brutalité permettait d'en affirmer l'origine organique. Pas question de faire le numéro des urgences ou celui du Samu, je n'avais ni téléphone sur moi ni Samu à des kilomètres à la ronde. Je ne disposais ni de stéthoscope pour l'ausculter, ni d'appareil pour prendre la tension. Je notai seulement que son pouls battait correctement. Le couple ignorait que j'étais médecin et souhaitait seulement que je descende en ville chercher un confrère, la femme ne sachant pas conduire.

À la lumière de la bougie, je vérifiai l'heure sur ma montre. Minuit et demi. Je pris ma voiture pour me rendre au village. Les festivités battaient leur plein. Un gendarme interdisait l'accès à la place centrale et m'obligea à me garer. J'expliquai au responsable de l'ordre public que j'étais à la recherche d'un médecin de garde. Il consulta son calepin et m'apprit que dans ce petit village de quelques centaines d'habitants, pas moins de trois médecins se partageaient la clientèle et alimentaient les deux pharmacies. Le praticien de garde, par malchance, habitait exactement à l'autre extrémité du bourg. J'abandonnai mon véhicule et entrepris de traverser la ville à pied pour gagner du temps, mais je dus fendre une foule compacte, insouciante de ma mission humanitaire. Sur la place centrale, je me faufilai entre les couples enlacés qui dansaient agglutinés les uns aux autres. Je ne pus échapper à une farandole qui m'entraîna dans la direction opposée. Enfin libéré, j'atteignis, trempé de sueur, la rue des Trois Sources qui menait hors du bourg. Devant la villa indiquée, j'aperçus un individu une mallette à la main.

« Je cherche le médecin de garde.

– C'est moi », me répondit un petit homme chauve qui paraissait très affairé.

Pour faciliter le dialogue, je me présentai comme un confrère en vacances, et lui expliquai qu'il devait se rendre d'urgence de l'autre côté de la vallée pour secourir un homme qui souffrait d'une douleur dans la poitrine.

« Impossible, mon cher, me dit-il, je pars accoucher une femme à dix kilomètres d'ici, et j'ai chez moi trois patients qui attendent mon retour pour recevoir des points de suture.

Une rixe dans un café. Comme s'ils ne pouvaient pas se contenter de danser, ces imbéciles ! (Il pointa un doigt sur mon ventre.) Et la nuit ne fait que commencer. Dans deux heures, ce sera la ruée. Mon collègue s'est absenté pour le week-end. Ça va être comme chaque année, l'hécatombe avec tous ces touristes espagnols et allemands. Franchement, pour nous, médecins, le 14 Juillet n'est pas une fête nationale. » Il s'interrompit. « Mais j'y pense, vous êtes du métier, je vais vous prêter du matériel et vous vous occuperez de votre patient. »

À peine avais-je eu le temps de lui expliquer que j'étais en vacances pour me reposer et surtout oublier les malades, qu'il avait déjà disparu dans sa maison. Il me ramena une trousse d'urgence, un stéthoscope, un appareil à tension et une boîte noire.

« C'est un électrocardiogramme portable. Il marche sur piles. Un petit bijou. Ne le cassez pas. Vous me le rendrez demain. Allez, bonne chance. Je file, on m'attend. »

Sa voiture prit la direction de la montagne, m'abandonnant sur le bord de la route avec du matériel médical dans chaque main. Comment avait-il réussi en un instant à me transformer en médecin du Samu, une nuit du 14 Juillet ? Quelle idée avais-je eu de lui avouer mon appartenance à la confrérie ? Agacé, je revins sur mes pas. Après avoir de nouveau traversé la foule et contourné le bal, je repris ma voiture pour rejoindre ce voisin devenu subitement mon patient. Lorsque la femme me vit revenir sans médecin, elle manifesta son inquiétude.

« *Mi... doctor...* », lui dis-je d'un ton énervé en entrant dans la masure.

Elle me suivit et s'aperçut que je n'avais pas menti lorsque je me mis à ausculter son mari. J'installai l'électrocardiogramme. Éclairé à la bougie, je pus, grâce à ce petit appareil sophistiqué qui fonctionnait tout seul, enregistrer les contractions du cœur de cet homme dont je ne comprenais pas le moindre mot et obtenir un tracé impeccable sur lequel s'étalaient les preuves d'un infarctus récent. Sans le secours de cette technique, je n'aurais pu affirmer ce diagnostic chez un sujet aussi jeune. J'utilisai la trousse d'urgence pour soulager mon malade et commençai le traitement. Les enfants étaient réveillés et m'observaient avec plus d'intérêt que d'angoisse. Cette nuit-là, je crois bien avoir suscité deux vocations.

Quand mon malade retrouva ses forces, je le descendis sur mon dos pour lui éviter tout effort, marche après marche, au risque de me rompre les os. Puis, après avoir transformé ma voiture en ambulance, je l'installai confortablement sur la banquette arrière avec oreillers et couvertures. Je parcourus soixante kilomètres dans la nuit, traversant quatre bals populaires avant d'atteindre la ville la plus proche. Là, après quelques errances pour trouver l'hôpital, je confiai mon patient au responsable des urgences qui l'adressa au service de soins intensifs. Je pris le chemin du retour vers cinq heures du matin, épuisé mais satisfait du devoir accompli. Dans les villages, les orchestres avaient rangé leurs instruments. Seuls les cafés restaient animés et je m'offris dans la fraîcheur de l'aube une bière sous les platanes avant de regagner mon repaire. J'annonçai à ma voisine espagnole que son mari était sauvé et lui précisai le lieu de son hospitalisation. Je revins ensuite chez moi où tout le monde dormait. Ce matin du 14 Juillet, je n'eus aucun remord à rester dans mon lit douillet, et la musique qui marchait au pas, franchement, ne me concernait pas… Brassens m'aurait parfaitement approuvé.

Le lendemain après-midi, vers quatorze heures, je rendis visite aux voisins. Les volets étaient clos et l'emplacement de la voiture, vide. Les jours suivants, je guettai le retour des Espagnols. En vain. J'en conclus qu'ils étaient retournés directement dans leur pays. Je ressentis à la fois la satisfaction d'avoir sauvé cet homme dans des conditions difficiles et une certaine amertume que la famille n'ait pas manifesté la moindre gratitude. Je savais d'expérience qu'en médecine, il n'y a pas de rapport entre les efforts fournis et la reconnaissance du patient. Seuls les gestes magiques du chirurgien suscitent encore chez le ressuscité artificiel un élan de gratitude. Juste avant de prendre la fuite. Mais le médecin qui passe des journées et des nuits d'angoisse auprès d'un malade difficile à traiter ne doit pas s'attendre à des remerciements en cas de guérison. Une fois sorti d'affaire, le miraculé n'a qu'une idée en tête : disparaître, oublier ce mauvais souvenir et celui qui s'y rattache. Les plus chaleureux remerciements viennent toujours des familles des décédés, ceux pour lesquels on a totalement échoué…

Le repenti

L'affaire fit la une des journaux – magazines à sensations comme quotidiens politiques. La radio et la télévision en parlèrent aux informations. En quelques jours, on assista à une mobilisation médiatique sans que l'on sache vraiment qui avait mis cette histoire sur la place publique et surtout pourquoi elle avait pris une telle ampleur. Certes, il s'agissait d'un être humain en danger de mort, mais combien dans le monde vivent la même détresse sans retenir la moindre attention ? Alors, était-ce le jeune âge du malade ? Ou l'idée, qu'avec une bonne campagne de presse, on allait trouver une solution, tous ensemble, comme au Téléthon !

Malheureusement en matière de greffon, il ne suffit pas de mobiliser le banc et l'arrière-banc pour trouver le bon candidat aux gènes compatibles. Car la nature, dans sa perversité, avait doté l'adolescent malade d'une spécificité génétique rarissime.

Aussi, malgré la bourrasque médiatique, malgré le grand nombre de volontaires qu'elle suscita, aucun candidat n'offrit les gènes adéquats. Après cette première vague de mobilisation, qui avait fait naître un immense espoir dans la famille, un nouvel appel angoissé de la mère à la radio toucha les coins les plus reculés ou les plus oubliés du territoire.

Sur les quatre mille prisonniers que comptait l'établissement pénitentiaire où j'assurais chaque semaine une consultation, se manifesta une petite dizaine de volontaires. Les premiers tests en éliminèrent les deux tiers, mais pour les trois restants, il parut justifié de réaliser des bilans complémentaires pour approfondir leur spécificité génétique.

Je consultais dans cette prison depuis que la loi 2001 imposait aux hôpitaux la prise en charge de la santé des détenus. Sans cette réforme, jamais je n'aurais connu le sort des « punis de la Terre », et m'en serais tenu aux stéréotypes véhiculés par la télévision, le cinéma et les « on-dit ». Chaque semaine, après avoir franchi la porte commandée par le gardien derrière sa vitre, je pénétrai dans un univers violent où tout était surprenant. D'abord, le silence sonore où chaque bruit brutalise l'atmosphère : claquements métalliques des grilles, cris des gardiens, coups de sifflet, hurlements des prisonniers qui s'interpellent d'un bâtiment à l'autre, échos agressifs des musiques rappeuses. Ensuite, on est saisi par la saleté nettoyée. Si les couloirs sont régulièrement lavés à grande eau, les murs, les sols, les grilles, tout reste enduit d'une sorte d'humidité grasse aux odeurs de vaisselle mal lavée. Enfin et surtout, cette présence invisible. En traversant les cours, on sent des milliers de regards qui vous guettent, vous suivent sans qu'on les aperçoive. On finit par se sentir coupable d'être libre et témoin aveugle de souffrances cachées.

Heureusement, dans l'unité médicale, l'ambiance était plus décontractée, même si les geôles avoisinantes servaient de salle d'attente.

Le plus étrange était de se retrouver face à des malades à la réputation parfois sulfureuse, dont on ignorait tout du passé juridique et qui se conduisaient le plus souvent avec une extrême politesse. Nettement plus respectueux que certains patients qui, à l'hôpital, exigeaient, revendiquaient, s'en allaient sans saluer ni dire merci. J'examinais ainsi, sans le savoir, des violeurs, des perceurs de coffres-forts et de petits dealers de banlieue…

Sur les trois volontaires venus se présenter pour sauver l'adolescent malade, deux furent jugés inaptes à subir une intervention à risque. Restait le troisième.

Il se présenta dans un large jogging mauve. L'homme était immense, massif. Il avait la mâchoire carrée, les sourcils broussailleux, les muscles saillants, les mains comme des battoirs. Pour tout dire, je n'aurais pas aimé le croiser le soir dans une rue déserte. Imaginer ce géant susceptible de donner un peu de ses organes à un frêle adolescent me paraissait incroyable. Comme je lui demandais ses motivations pour accepter une telle épreuve, le prisonnier, resté jusque-là silencieux, haussa les épaules :

« J'ai rien à perdre, je suis condamné à perpète. Et si pour une fois je peux servir à quelque chose… »

Il parlait lentement, calmement, comme un sage. Aussi aurais-je aimé, à cet instant, en savoir plus sur les raisons de son incarcération. L'importance de sa peine excluait le petit braquage, le cambriolage de week-end et même le trafic de drogue. Elle relevait certainement du meurtre, ou peut-être pire. Je regardai ses énormes mains avec effroi. Peut-être s'agissait-il d'un *serial killer* qui avait étranglé, découpé et haché menu ses victimes. Je fus soulagé de le voir sortir de mon bureau et disparaître entre deux gardiens.

Ne pouvant refuser sa candidature, je décidai de poursuivre les investigations, mais j'eus bien du mal à convaincre la direction pénitentiaire d'accepter l'hospitalisation de ce prisonnier qui n'était pas malade.

« On voit que vous ne savez pas à qui vous avez affaire. Ce condamné à perpétuité s'est déjà fait la malle à deux reprises. Je vous rappelle qu'il n'est pas ici pour un vol à l'étalage.

– Peut-être, mais imaginez qu'il soit le donneur idéal, capable de sauver ce gosse malade.

– Rien ne peut sortir de bon d'un tel individu.

– Et que dira la presse si elle apprend que nous avons éliminé un sauveur potentiel ? Vous imaginez les conséquences pour la réputation de votre établissement et… la vôtre, par la même occasion. »

Le directeur resta pensif un long moment.

« Puisqu'il faut vous mettre les points sur les I, sachez que cet homme est condamné pour meurtres multiples.

– Un *serial killer* ?

– Non, un tueur à gages. Le genre de type qui vous exécute froidement pour quelques billets. Un travailleur indépendant. Un artisan du crime. »

L'idée que mon candidat n'était pas un quelconque petit malfrat, mais un criminel hors du commun provoqua chez moi une certaine fierté. Je finis par obtenir satisfaction de la direction pénitentiaire à la condition absolue de limiter l'hospitalisation à trois jours et d'accepter dans le service une imposante surveillance policière. L'affaire fut conclue, et le géant fut installé dans une chambre isolée sous bonne escorte.

Robert M. – c'était son nom – se soumit à tous les examens, même les plus douloureux, avec une docilité surprenante. L'homme parlait peu, mais ses relations avec le personnel soignant furent excellentes et, comme je m'étais abstenu de révéler les raisons de son incarcération, il finit par être adopté par tous.

Chaque fois que je passais dans sa chambre, Robert M. s'adressait à moi avec déférence, me remerciant de l'intérêt que je portais à sa candidature. Jamais la moindre plainte. Un patient idéal !

Les examens nous surprirent : tous ses paramètres sanguins et tissulaires se révélèrent les uns après les autres génétiquement compatibles avec ceux de l'adolescent malade. À croire qu'ils étaient jumeaux.

Quand il apprit qu'il était l'élu, l'homme hocha la tête avec un sourire de satisfaction, et dans le regard une lueur de malice.

« Je vous l'avais bien dit, docteur : je suis unique et irremplaçable. »

Robert M. retourna en prison en attendant le jour J où un lobe de son foie devait être greffé dans le corps de l'adolescent.

Ce jour-là, tout l'hôpital fut sur le qui-vive. On mobilisa deux équipes de chirurgiens expérimentés, les meilleures panseuses et des anesthésistes hors pair. Les interventions se déroulèrent dans deux salles attenantes, les uns opérant le donneur, les autres le receveur.

Les jours suivants, le prisonnier et l'adolescent qui se trouvaient dans des chambres proches furent suivis avec la même inquiétude.

Le géant, cloîtré dans son silence, supportait la douleur sans la moindre plainte. Un soir où je passais lui rendre visite, je m'assis à son côté pour lui demander s'il tenait le coup.

« C'est dur, me dit-il. Mais j'en ai vu d'autres… Comment va le gamin ? »

Comme les nouvelles étaient bonnes, je le sentis rassuré. Peu à peu, je servis d'intermédiaire entre l'adolescent et lui, chacun me réclamant des nouvelles de l'autre. Le jeune receveur n'avait rien d'un rappeur de banlieue. Blond, les yeux bleus, le visage encore imberbe, il avait une tête d'enfant de cœur. Un jour, il me demanda :

« J'aimerais remercier celui qui m'a sauvé la vie. »

La rencontre entre ces deux étrangers qui partageaient maintenant le même foie fut brève mais intense. Les mots manquèrent à l'un et à l'autre, mais ils se serrèrent longuement la main, et l'entrevue se termina par un engagement du jeune homme : « Jamais, je ne vous oublierai. »

À partir de ce jour, ma relation avec Robert M. se transforma, et s'il n'y avait pas eu ces policiers devant sa chambre, j'en aurais presque oublié qu'il s'agissait d'un prisonnier. Cette présence policière me parut même excessive, l'homme étant incapable de s'évader dans l'état où il était. J'intervins auprès de la chancellerie pour que le ministère de la Justice fasse des économies en réduisant cette surveillance coûteuse et encombrante. Le refus fut catégorique.

« On vous demande de soigner, docteur, pas de vous transformer en avocat. Surtout avec un tel individu. »

Quand le condamné apprit ma démarche, il me dit gravement :

« Jamais personne ne m'a considéré comme vous, docteur. »

L'homme bourru, renfermé, avait laissé place à un être, certes silencieux, mais dont le regard ne manquait pas de chaleur humaine. Il paraissait insensible à la sollicitation médiatique, et pourtant certains jours, il était difficile de contenir les journalistes. Dans le service, tout le monde tirait gloire de soigner la vedette, et je n'entendais que des «Robert» par ci, des «Robert» par là. Un matin, je trouvai mon tueur à gage en train de discuter avec une infirmière qui lui tenait la main. Lorsqu'elle me vit, elle se redressa, retira sa main comme prise en faute.

Quinze jours plus tard, quand Robert M. dut regagner sa cellule, le personnel lui adressa des au revoir émouvants, ignorant toujours qu'il s'agissait d'un meurtrier professionnel.

Un mois plus tard, j'eus la visite du jeune greffé, accompagné de ses parents. Tout se passait au mieux. J'appris à cette occasion que le père, un homme très élégant, vêtu d'un pardessus gris, occupait une haute fonction dans l'administration.

«Je vais remuer ciel et terre, mais je veux obtenir une remise de peine pour cet homme qui a redonné vie à mon fils. Si besoin, j'organiserai une pétition nationale.»

J'encourageai sa détermination et lui affirmai qu'avec le soutien de la presse, il pourrait obtenir la clémence de la chancellerie, voir de la présidence. De mon côté, je mobilisai mes relations dont celle d'un procureur à la cour de cassation, un ancien malade qui me vouait une reconnaissance éternelle.

Le père du jeune homme tint parole, et nous apprîmes un jour par la presse que le prisonnier allait bénéficier d'une libération anticipée. Sous haute surveillance, bien sûr. Et les journaux trouvèrent des titres éloquents: «Le condamné repenti», «Le bagnard et l'enfant», «La conversion miraculeuse»...

Quelques semaines plus tard, la famille organisa dans le service une fête pour remercier le donneur et le personnel.

Ce jour-là, après la petite cérémonie, l'ancien taulard souhaita me parler seul à seul. Il entra dans mon bureau presque timide. Il avait troqué son vieux jogging mauve pour un complet veston bleu, un peu étroit mais qui lui donnait fière allure. Avec sa chemise blanche et sa cravate à rayures, il avait l'air d'un catcheur endimanché. Il tenait à la main une casquette marron. Je l'invitai à s'asseoir. Ce qu'il fit, un peu gêné.

« Docteur, me dit-il, je tenais à vous remercier de m'avoir fait confiance et surtout de ne pas m'avoir jugé. Vous ne m'avez pas considéré comme un prisonnier mais comme un homme normal. Grâce à vous, j'ai retrouvé partiellement ma liberté et surtout ma dignité. Ici, tout le monde m'a bien accueilli, et ça, c'est grâce à vous. Alors, coquin de sort, je ne suis pas prêt de l'oublier. Franchement, vous avez fait de moi un autre homme. »

Il se tut quelques instants. Ses aveux m'avaient rendu muet. Jamais je n'avais espéré entendre un tel discours. Il me tendit un petit bout de papier.

« Voilà le numéro de téléphone d'un ami sûr où vous pourrez me joindre… Après des années de prison, reprit-il, ça n'est pas facile de redémarrer, mais je suis costaud et je vais peut-être avoir du travail… Seulement voilà… Je ne sais comment vous remercier. Je n'ai pas encore assez d'argent pour vous offrir un cadeau… »

Il hésita un long moment, tripota sa casquette en tous sens avant de me fixer droit dans les yeux.

« Il y a une chose que je sais bien faire, me dit-il en baissant d'un ton. Si… un jour… vous avez quelqu'un qui vous cherche noise, n'hésitez pas, vous me le dites, et je vous ferai ça proprement. »

La dérive

Ce jour-là, j'étais rentré épuisé d'une garde de réanimation. J'avais passé la nuit à surveiller un traumatisé qui saignait de partout. Une lutte contre la mort, pied à pied.

J'étais profondément endormi quand le téléphone sonna. La voix ne se présenta pas, mais au ton, je compris qu'on appelait au secours : « Françoise a disparu depuis trois jours. Sa vie est en danger. » J'incitai mon interlocuteur à reprendre ses esprits pour me fournir de plus amples renseignements. Je savais que, depuis quatre mois, Françoise vivait avec un ami, un dénommé Marc.

La voix retrouva son calme pour me relater les événements des derniers jours. Le comportement de Françoise s'était progressivement modifié : sans raison apparente, elle était devenue taciturne. En quelques jours, elle était passée d'accès d'angoisse à des périodes d'abattement. La nuit, des heures durant, elle arpentait la maison. Et le matin, elle s'effondrait dans un sommeil lourd. L'autre soir, au restaurant, elle avait fait un esclandre pour un rien avant de quitter la salle précipitamment. Elle n'était revenue que tard dans la nuit et s'était endormie sans fournir d'explications. Un autre jour, elle qui ne buvait jamais, s'était saoulée en vidant une bouteille de whisky. Ce soir-là, il avait découvert dans sa valise des tubes de tranquillisants, vides. Deux jours plus tard, Françoise avait décidé de se rendre seule en voiture à Paris. Depuis, il ne l'avait pas revue. Fou d'angoisse, il avait prévenu la police qui lui avait affirmé qu'aucune personne de ce nom n'avait été admise dans les hôpitaux. Il avait réussi à persuader la concierge d'ouvrir l'appartement de Françoise, mais n'y avait trouvé aucune trace de son passage. À force de coups de téléphone, il avait appris d'une de ses amies qu'elle errait dans Paris et logeait dans un hôtel près de la rue Caumartin, mais le gardien, probablement soudoyé, niait sa présence. Il avait guetté toute la journée. Sans résultat.

Il me supplia d'essayer de la joindre, me certifiant que sa vie était en danger. Je regardai ma montre. Il était deux heures du matin. Malgré l'épuisement, je cédai, appelai l'hôtel, et demandai le gardien de nuit. Après une longue hésitation qui me parut suspecte, celui-ci m'assura qu'il n'y avait aucune cliente répondant au nom de Françoise Darnel. J'insistai, lui décrivant sa silhouette. L'homme nia.

« Écoutez, je suis médecin. On m'a prévenu qu'elle était malade et qu'elle occupait une chambre dans votre hôtel. S'il lui arrive quoi que ce soit, je vous en tiendrai pour responsable. »

Nouvelle hésitation.

« Très bien, me dit-il, donnez-moi votre nom et votre numéro de téléphone, je vous rappelle. »

Je raccrochai et attendis, la main posée sur le combiné. Deux minutes plus tard, le téléphone sonna.

« Allô… Ne quittez pas, je vous la passe. »

J'attendis un long moment avant d'entendre une voix éteinte me répondre par onomatopées. Je répétai mes questions et finis par obtenir assez distinctement : « Viens vite. » Je raccrochai et prévins son compagnon que je partais la retrouver immédiatement à l'hôtel. Je pris un café avant de sortir. Une petite pluie fine nimbait la nuit noire d'une brillante humidité. Le froid et la fatigue mécanisaient mes gestes, m'engourdissaient l'esprit, atténuaient mon inquiétude. Dans la voiture, j'avais l'impression de me rendre au chevet d'une malade, sans vraiment prendre conscience que je volais au secours d'une amie.

Il était trois heures du matin lorsque, quittant la banlieue, j'atteignis Paris. Quelques insomniaques traînaient encore dans les rues. À un feu rouge, je vérifiai sur mon plan le plus court chemin pour atteindre l'hôtel de la rue Caumartin. Un quartier huppé qu'elle n'avait pas l'habitude de fréquenter.

Après une longue période d'absence, j'avais retrouvé Françoise deux ans auparavant dans une pharmacie. Elle achetait de la morphine pour Éric qui souffrait d'un cancer du pancréas, une forme foudroyante qui s'était révélée le lendemain de son anniversaire. Il fêtait ses quarante ans. En une seconde, cette nouvelle avait gâché le plaisir de nos retrouvailles. Françoise paraissait perdue, partageant son temps entre les soins à son mari et ceux prodigués à ses patients. Elle prenait des gardes de nuit pour être auprès de lui dans la journée. Le manque de sommeil l'avait fait vieillir de dix ans. J'eus tout naturellement envie de l'aider. Il s'était établi entre leur couple et moi un lien d'amitié que le temps n'avait pu altérer. Je les connaissais depuis longtemps. Je les avais eus tous les deux comme internes, au cours du même stage, et j'avais apprécié leur sérieux. Françoise et Éric étaient des révoltés qui intégraient leur engagement politique dans la qualité de leur travail, ils vivaient la médecine en militants. Je ne fus pas surpris qu'ils décident, après leur internat, de partir comme médecin dans une région minière déshéritée. Ils avaient l'un pour l'autre un amour dont la complicité dépassait largement les projets de vie quotidienne. Pendant quelques années, je les perdis de vue, sans véritable rupture. De temps à autre, lors de manifestations nationales, ils venaient à Paris sans jamais oublier de me faire signe. Aussi avais-je pris l'habitude, en période de troubles sociaux, de me dire : « Tiens, je ne vais pas tarder à les voir surgir. »

Je descendis le boulevard Raspail désert, et, pour me faciliter le passage, les feux se mirent au vert. Après avoir croisé le boulevard Saint-Germain, je pris la direction de l'Opéra. Pendant ses gardes de nuit, je remplaçais Françoise auprès d'Éric. J'avais conservé de lui le souvenir d'un homme à la carrure massive, au visage large et légèrement barbu, aux cheveux abondants et ondulés, au sourire plein de vitalité. Dans une chambre en désordre qui sentait la fièvre et la souffrance, je découvris au fond d'un lit un corps blessé qui s'économisait pour résister aux atroces constrictions qui lui broyaient le ventre et aux décharges électriques déclenchées à chaque mouvement. Il avait le crâne tondu par les drogues, les joues creusées, le regard lent et épuisé. Pendant toutes ces nuits passées à ses côtés, je restais éveillé, guettant l'apparition des spasmes sur son visage pour lui renouveler la morphine. Je me reposais dans le silence du salon, rompu par la fatigue, bercé par le bourdonnement de la télévision du voisin ou par les bruits de tuyauterie. Je dormais peu par crainte de manquer les rendez-vous avec les antalgiques. Les heures se faisaient lentes, mais, lorsqu'au matin Françoise rentrait, Éric souriait enfin, et nous prenions à trois un petit-déjeuner presque joyeux.

Je me souvins qu'un soir de veille où la douleur lui avait accordé un répit, nous avions discuté de tout, de la vie, de la mort :

« Jure-moi de me prévenir le jour où j'aurai des métastases. »

J'acquiesçai, surpris par sa négation de la réalité. Étant du métier, comment pouvait-il ignorer que sa souffrance était liée aux tumeurs osseuses qui avaient échappé à la chimiothérapie ? J'en parlai à Françoise : fallait-il lui révéler l'insupportable vérité ?

« Je lui ai promis de ne rien lui cacher. Nous n'avons pas le droit de lui voler sa mort. Je connais sa force de caractère. Il saura faire face. De toute façon, il s'en doute, j'en suis persuadée. »

Je lui proposai de rester à distance de cette responsabilité et d'assumer seul le rôle d'oracle de mauvais augure. En une seconde, ma révélation ôta à Éric ce qui lui restait d'espoir. Je dus augmenter les doses de morphine et maudis les théoriciens de la vérité à tout prix. Le jour même, j'appelai à la rescousse un collègue, qui contredit mon diagnostic. Éric parut rassuré et mourut apaisé trois jours plus tard.

Je conduisais machinalement ma voiture, laissant les souvenirs m'envahir. J'espérais découvrir quelques indices pour comprendre l'évolution récente de Françoise, mais il y avait un mystère chez cette femme aussi douce que révoltée.

Lorsque j'atteignis la rue Caumartin, la pluie avait cessé. Les rues luisantes, désertes, s'offraient un répit avant l'arrivée des banlieusards. L'hôtel ne fut pas difficile à découvrir. Un grand bâtiment moderne avec un hall impersonnel que je traversai d'un pas assuré pour éviter de fournir des explications au gardien de nuit. Au troisième étage, je donnai un coup bref sur la porte de la chambre 324. J'eus du mal à reconnaître Françoise. Si elle ne m'avait pas dit « entre », je me serais excusé et j'aurais fait demi-tour.

Elle était vêtue d'un pantalon et d'un pull noir, portait une perruque blonde, et cachait son visage derrière des lunettes de soleil à monture jaune fluorescent.

« Entre vite, sinon ils vont me découvrir. »

Elle parlait avec une voix pâteuse, pleine de tranquillisants. La chambre était dans la pénombre, juste éclairée par une lampe de chevet posée à terre, près du lit. Elle semblait avoir été traversée par un ouragan. Les couvertures traînaient au sol et sur les draps s'étalaient tous ses objets personnels – portefeuille, paquets de cigarettes, trousse de toilette, stéthoscope, revues de médecine. J'aperçus dans un coin sa mallette de médecin vidée de son contenu, et, sur la table de nuit, une quantité impressionnante de tubes de médicaments.

« Pourquoi gardes-tu ces lunettes ? T'as mal aux yeux ?

– Non, me souffla-t-elle à l'oreille. Pour passer inaperçue. Sinon, ils vont me découvrir. »

Sa réponse me fit presque sourire. Comment passer inaperçue dans un tel accoutrement ? Je tentai de la rassurer, lui affirmant que j'étais venu seul, à la suite du coup de téléphone de son ami.

« Marc sait où je suis ? Ce salaud complote avec eux. »

Elle empoigna le revers de mon imperméable.

« Tu ne l'as pas amené ici, j'espère. Lui aussi veut me tuer, comme les autres, à petit feu. Mais c'est moi qui les aurai. J'attends l'appel d'un journaliste. Si je dois mourir, le monde doit le savoir. »

Puis elle s'empara du téléphone de l'hôtel et garda la main sur le combiné. Je la regardai, désarçonné, ne sachant plus quoi dire. Je m'assis à ses côtés, et l'enlaçai.

« Françoise, il est trois heures du matin. Plus personne ne te téléphonera maintenant. Demain, on verra. Tu es trop fatiguée... Veux-tu que je t'emmène à l'hôpital ? »

Elle resta un long moment immobile et silencieuse avant de poser sa tête sur mon épaule.

« Je n'en peux plus », m'avoua-t-elle.

Je crus une seconde que j'avais gagné, mais elle se reprit immédiatement, envahie à nouveau d'une brusque panique.

« Non, c'est impossible. À l'hôpital, ils me retrouveront. Ici, je suis en sécurité. Tu ne me trahiras pas ? Je peux compter sur toi ? »

Pour toute réponse, je la serrai plus fort et lui affirmai que, tant que je serais là, personne ne la toucherait. Elle s'étendit sur le lit. Je retirai lentement ses lunettes, sans provoquer de résistance. Elle ferma les yeux et parut s'endormir. Je retrouvai alors la douceur du visage de l'interne qui soignait à l'hôpital avec tant de patience.

La lumière posée à terre dessinait au plafond un rond de lumière orange. Je restai immobile, engourdi par le silence épais. Ne me parvenait de la rue que le grincement des pneus sur le pavé humide. J'évitai de bouger, mais mon esprit s'agitait en tous sens : « Comment la tirer de là ? » Je me sentis terriblement seul dans cette chambre d'hôtel, à quatre heures du matin, allongé près d'une amie en plein délire. Sachant qu'on ne doit jamais soigner ses relations pour éviter de faire des erreurs, je passai en revue toutes mes connaissances susceptibles de m'aider.

Un moment, la fatigue l'emporta sur l'éveil. Je ne sais plus si je pensais ou si je rêvais les yeux ouverts… Éric et Françoise m'apparurent en blouse blanche. Je la vis à la visite patronale déclarer d'un air impertinent : « Non, monsieur, le malade n'a pas "avoué" qu'il buvait trois litres de vin par jour, il l'a simplement reconnu. »

Je me réveillai en sursaut, furieux de m'être assoupi. D'un geste prudent, je regardai ma montre. Quatre heures et demie. Je me levai prudemment, sortis de la chambre et commençai à éplucher mon carnet d'adresses. Marc fut prévenu en premier, mais je renonçai à lui demander son aide, ne souhaitant pas qu'il découvre l'état dans lequel se trouvait sa compagne. Je contactai deux collègues psychiatres, l'un était absent, l'autre, parti en congrès. L'heure tournait, et je voyais avec inquiétude arriver le moment où je devrais quitter Françoise pour aller à mon travail. Pourtant il était hors de question de l'abandonner. Restait le Samu. Le confrère que j'eus au bout du fil me renvoya à mes responsabilités : je n'avais qu'à rédiger une demande de placement volontaire et appeler une ambulance pour l'emmener dans le service de psychiatrie de garde. Pas un instant, il ne songea à ce que représentait pour moi la décision d'enfermer mon amie. Après maintes hésitations, je rédigeai avec un profond malaise la formule classique qui permet à chacun d'hospitaliser un proche en danger.

Une demi-heure plus tard, deux grands escogriffes en blouse pénétraient dans le hall de l'hôtel où je les attendais. « Où est-elle ? » À leur air pressé, je compris que nous allions à la catastrophe. Je les suppliai de me donner le temps de la prévenir. « Cher Monsieur, nous n'avons pas qu'elle à prendre en charge. » Je ne pus les empêcher de pénétrer dans la chambre. Réveillée par l'irruption des deux ambulanciers, Françoise se jeta par terre dans un mouvement de défense.

« Qu'est-ce que vous voulez, salauds ? Vous venez m'arrêter, vous êtes de la Gestapo. Bandes de fumiers. SS ! » hurla-t-elle pour alerter le voisinage.

Ils tentèrent de la maîtriser pour lui injecter un calmant dans la fesse. Je regardai ce spectacle, impuissant, effaré par ce que j'avais déclenché. Françoise se débattait comme une possédée, injuriant ses tortionnaires.

« Et toi, me gueula-t-elle, t'es le pire de tous. T'es qu'une ordure. Tu m'as trahie. T'as appelé la Gestapo. Je ne me laisserai pas torturer. »

Fou de colère, j'ordonnai aux deux rustres de lâcher leur proie et de sortir de la pièce. Ils reculèrent. Je pris Françoise dans mes bras. Elle se laissa faire tout en répétant : « La Gestapo, c'est la Gestapo. » Je la berçai comme un enfant, lui caressai le visage, en lui expliquant à l'oreille qu'elle devait accepter d'aller à l'hôpital, pour son bien. Je sentis peu à peu ses défenses fléchir. Elle me répéta en pleurant : « Je n'en peux plus. Je veux en finir. Mais pourquoi… Pourquoi ? »

Les deux hommes en blouse que les cris de Françoise avaient ébranlés la soulevèrent avec douceur. « Allons, ma petite dame, il faut être raisonnable. »

Pendant tout le trajet, elle garda sa tête appuyée contre mon épaule. Je la sentais défaillir, comme une bête blessée. Dans la salle d'attente de la consultation du service d'urgence de psychiatrie, il fallut patienter près d'une heure entre un agité qui rabâchait sans cesse la même phrase et un hébété qui bavait sur ses genoux. Tout ici reflétait la souffrance, la saleté, l'abandon. J'obtins son admission et la quittai après l'avoir longuement serrée dans mes bras. Pour la première fois, je vis dans son regard un peu d'apaisement.

Le jour se levait avec la fraîcheur d'avril. J'entrai dans un bistrot avaler un, puis deux cafés. Je me sentais à la fois rassuré et vide, envahi d'inquiétude. N'avais-je pas enclenché un processus qui pouvait être fatal à son équilibre psychologique et à son avenir professionnel ? Me pardonnerait-t-elle ce geste ? Quand et comment arriverais-je à la faire sortir ?

Chez moi, je pris une douche pour effacer la fatigue de la nuit et me préparer à une longue matinée de consultation.

Le gardien à l'entrée de l'hôpital psychiatrique m'avait expliqué : « Prenez l'allée centrale et tournez à gauche. C'est le troisième pavillon », mais les bâtiments de briques se juxtaposaient sans la moindre distinction, et, à dix-huit heures, je ne rencontrai dans cette capitale de la folie aucune âme susceptible de me renseigner. Je sonnai à la porte du service indiqué et attendis un long moment avant d'entendre un bruit de clé dans la serrure. Après avoir décliné mon identité, un infirmier noir, râblé, adipeux me fit pénétrer dans un couloir jaunâtre, au dallage gris et bleu. Le Martiniquais portait une blouse fripée et marmonnait en permanence des mots incompréhensibles. J'observai les chambres tristes, peu engageantes. J'avais honte d'y avoir fait enfermer mon amie. Une fois de plus je constatais que le monde hospitalier avait réservé les locaux les plus vétustes et les plus attristants aux malades déprimés.

Je trouvai Françoise dans une chambre pour quatre personnes, éclairée par deux grandes fenêtres à barreaux. Elle était allongée sur un lit en fer à la peinture blanche écaillée, les mains sous la tête, le regard accroché au plafond. Elle portait toujours son pantalon et son pull noir, mais elle avait retiré sa perruque et ses cheveux ébène qui lui donnaient un air sud-américain s'étalaient sur l'oreiller.

« Salut. » Elle ne répondit pas. Sa voisine, une petite femme d'une soixantaine d'années, coiffée d'un bonnet et boudinée dans une robe de chambre bordeaux s'affairait avec fébrilité autour de sa table de nuit. Elle en sortait ses objets de toilettes, les disposait sur le lit, puis les rangeait avec soins avant de les ressortir pour les étaler dans une nouvelle disposition. « Elle y passe sa journée, me dit Françoise sans détourner son regard du plafond. L'acromégale d'en face attend qu'elle ait tourné le dos pour fouiner dans ses affaires. Toutes les demi-heures, j'ai droit au même scénario. » De fait la grande débile à la mâchoire proéminente guetta l'éloignement de la femme au bonnet pour vider la table de nuit de sa victime. S'en suivit une empoignade. J'allais intervenir quand Françoise me retint par la manche :

« T'en mêle pas. Dis-moi plutôt quel est le salopard qui m'a enfermée ici ? J'espère que ce n'est pas Marc. »

Je ne répondis pas. L'infirmier arriva opportunément pour séparer les deux protagonistes et la petite vieille recommença à ranger ses affaires en maugréant.

« Tu m'as amené des cigarettes ? »

Je m'excusai pour cet oubli.

Elle me tourna le dos : « J'ai besoin d'être seule. Je te préviens, je ne veux aucune visite. Personne ne doit savoir que je suis ici… Si t'es vraiment un ami, tu me feras sortir demain. »

À cet instant, une sonnette retentit dans le couloir et, comme un seul homme, tous les malades se précipitèrent en désordre vers la salle à manger. Je vis Françoise se lever pour suivre docilement le troupeau. Juste avant de quitter la chambre, elle se retourna : « Demain, je compte sur toi. » Elle disparut dans la foule qui se battait déjà pour occuper les meilleures places.

Le lendemain, elle ne me parla plus de sortie. Les jours suivants, mes visites se répétèrent avec une étrange monotonie. J'arrivais vers dix-huit heures avec des chocolats ou une cartouche de cigarettes sous le bras. Je quittais ma panoplie de médecin pour enfiler celle de visiteur. Situation difficile où je devais supporter, sans rien dire, ma dose d'angoisse. Ce nouveau rôle complétait mon expérience hospitalière.

Je trouvais Françoise souvent étendue sur son lit, immobile, ou dans le jardin clos fumant cigarette sur cigarette. Depuis deux jours, on l'avait transférée dans une chambre seule. Je la sentais plus absente. Elle n'évoquait ni sa sortie ni son avenir. Tout ce que je lui proposais semblait se fondre dans l'indifférence. La conversation se limitait aux conséquences de sa thérapeutique qui lui provoquait des vertiges et de terribles crampes.

J'écoutais sans rien dire sa longue plainte qu'elle m'envoyait à la figure comme un reproche. Je n'observais aucune amélioration de son état et ressentais la désagréable impression de lui servir d'exutoire. Dans quelle galère l'avais-je fourrée ? Certains jours je prétextais un surcroît de travail pour annuler ma venue. De temps en temps, je la voyais sombrer dans un pessimisme noir : « Je suis ici pour toujours. Et même si j'en sors, je suis foutue. Personne ne viendra consulter un médecin qu'on a enfermé chez les fous. Plus jamais je ne pourrai exercer mon métier. »

Alors, de dépit, elle maudissait la profession, affirmant n'avoir aucune envie de reprendre ce métier de « dingue ».

J'évitais de lui opposer un démenti inutile, de la leurrer d'un inutile espoir. Une seule fois, je lui affirmai, sans preuve, que j'étais certain que ses malades attendaient son retour. La réponse fut cinglante : « Qu'ils aillent au diable. Ils m'emmerdent avec leur malheur. Je ne suis pas sur Terre pour réparer les conneries du monde. Je ne supporte plus leurs souffrances. Elles me rappellent trop celles d'Éric. » À d'autres moments, elle évoquait comme un souvenir agréable le cas de tel ou tel patient qu'elle m'avait adressé. Immédiatement, la question revenait : « Que vais-je devenir ? »

Inquiet de ces accès de découragement, je pris rendez-vous avec le médecin chef. Le lendemain, je rencontrai un homme, grand, maigre, d'allure stricte, la chevelure blanche coupée en brosse. Il me rassura. Les manifestations de délire ne s'étaient pas reproduites et la dépression commençait à s'amender. « Mais, ajouta-t-il, votre amie a beaucoup souffert. De telles blessures sont longues à cicatriser. Sans votre intervention, je crois qu'elle aurait mis fin à ses jours. Elle avait tout prévu, et avec la précision de ceux qui réussissent leur geste. » Il ajouta : « Votre amie n'a pas fait le deuil de son époux. Elle se saoule de travail, jusqu'à l'épuisement. Et l'homme avec lequel elle vit actuellement n'a pas n'a pas compris qu'elle n'avait aucune envie d'avoir un enfant pour l'instant. »

Le médecin-chef envisageait de réduire les doses de neuroleptiques et m'assura la suivre régulièrement. À la question de savoir si elle pourrait reprendre un jour son métier, il hésita : « Ce qui l'a détruite peut aussi la sauver. » Cette réponse un peu énigmatique me parut exacte.

La diminution des doses de tranquillisants rendit Françoise plus accessible à la discussion. Je lui avouai un jour que j'étais à l'origine de son internement. Je m'attendais au pire.

« T'as eu raison, je n'en pouvais plus. Ça n'a pas dû être facile pour toi non plus. T'es vraiment mon ami.

– Sais-tu que tu m'as traité de SS ? »

Elle sourit, puis réfléchit longuement.

« J'avais huit ans quand la Gestapo est venue arrêter mes parents. Je m'en souviens comme si c'était hier. J'étais cachée chez des voisins. De la fenêtre, je les ai vus pour la dernière fois, partant avec une petite valise à la main... Toute violence me ramène à cette séparation. Quand Éric est mort, je faisais toutes les nuits le même cauchemar : j'étais dans une pièce obscure d'où j'entendais mes parents crier. Quand j'ai vu surgir ces hommes en blanc, j'ai pensé qu'ils venaient me torturer. »

Une femme d'une trentaine d'années, grande, en peignoir de bain mal fermé, avec une queue-de-cheval rousse vint nous interrompre. « Françoise, t'as pas une sèche ? » Elle lui offrit le paquet. La rousse en tira une, l'alluma et s'éloigna dans un nuage de fumée.

« Elle drague tous les mecs. Elle a dû te repérer. On l'a hospitalisée, il y a trois jours, en plein accès maniaque. À la fin du déjeuner, elle nous a fait une sorte de strip-tease. Finalement, ça ne manque pas d'ambiance, ici. L'autre soir, c'est mon ancienne voisine qui a failli étrangler la petite au bonnet. Ils se sont mis à trois pour les séparer. On n'a pas fermé l'œil de la nuit. »

La mémoire lui revint progressivement. Un jour, elle se concentra :

« Parfois, je songe à des scènes sans plus savoir si je les ai vécues ou rêvées. Je me souviens vaguement d'une soirée avec Marc. Après, c'est le brouillard. Quelques images me reviennent. Je conduisais au radar, j'ai rédigé plusieurs ordonnances pour acheter des médicaments dans différentes pharmacies. Le reste est flou… L'hôtel… Toi, derrière la porte. Comment ai-je pu te traiter de SS ? »

Ces accès de lucidité se terminaient par des crises d'angoisse au sujet de son avenir professionnel, intenses au point d'ébranler mes certitudes.

Pour y voir plus clair, je téléphonai un soir à l'un des deux médecins qui avait ouvert avec Françoise et Éric le cabinet médical. Il s'appelait Étienne Drapat et ils m'en avaient souvent parlé comme un collaborateur compétent, sympathique, qui partageait leur vie militante. La voix que j'entendis était à la fois grave et chaleureuse. Il m'exprima sa satisfaction d'avoir enfin des nouvelles de Françoise. Il me confirma que, depuis la mort d'Éric, Françoise n'était plus la même. Elle, si passionnée par son métier, avait fini par ne plus le supporter. Trop dur, trop de souffrances à assumer, trop de gens à aider. Je lui expliquai qu'elle ne souhaitait pas pour l'instant recevoir de visites et je l'interrogeai sur les réactions locales. Il avait dit aux patients de Françoise qu'elle était partie en vacances, mais les rumeurs commençaient à circuler. Pour le moment, il avait réussi à répondre à la demande, mais l'autre médecin du groupe lorgnait déjà sur sa clientèle. « Heureusement, me dit-il, Françoise est unique. Même moi, j'aurais du mal à la remplacer. Le jour de son retour, j'en suis sûr, tous les patients seront là. » Cette nouvelle me rassura. Mon interlocuteur reprit : « Éric et elle formaient un couple étonnant, ils s'adoraient et n'ont jamais trahi leurs idées. Entre les malades et eux, il y a toujours eu une incroyable connivence. Françoise les rencontre en dehors du travail, mange avec eux, participe à leurs fêtes. Elle vit leur détresse, prend en charge leurs maux. Si elle se présentait aux élections, elle serait élue au premier tour. Depuis la mort d'Éric, je me suis demandé s'il n'y avait pas entre elle et la maladie un compte à régler, un combat sans issue. Elle traque la maladie comme le capitaine Achab traquait la baleine, avec un acharnement surhumain. Seulement voilà, Achab a vaincu Moby Dick. Contre la maladie, la lutte est perdue d'avance. À plusieurs reprises, j'ai craint qu'elle n'y laisse sa peau ou sa raison. »

Cette hypothèse était sans doute exacte, même si je ne voulais plus l'envisager. Je remerciai Étienne Drapat et lui promis de le tenir régulièrement au courant de l'évolution de notre amie commune. Après avoir raccroché, je ressentis à l'égard de mes deux anciens internes une profonde admiration. Non, je ne m'étais pas trompé d'amis.

Les jours se suivirent sans grand changement. Le rapport que je fis à Françoise de mon entretien avec Étienne Drapat n'eut pas l'effet escompté. Quand je lui affirmai qu'elle pourrait reprendre un jour son activité, elle ne réagit pas. Le passé semblait l'indifférer. Depuis quelque temps, elle s'installait dans un présent sans avenir. Le quotidien lui suffisait et lorsque la grosse Antillaise lui annonçait le soir, d'un ton maternel : « Allons, madame Darnel, il faut prendre vos petits comprimés », elle obéissait sans se rebeller. Mes tentatives pour l'intéresser à d'autres sujets restaient vaines. Tout se passait comme si elle s'était coulée dans cet environnement restreint. Les autres malades l'avaient adoptée et venaient la chercher pour écrire une lettre, pour jouer une partie de dominos ou tout simplement discuter. J'eus même l'impression que certaines de mes visites la dérangeaient. Les jours de beaux temps, je sortais avec elle dans la cour, un espace clos, exigu. Elle me présenta ses nouveaux amis. « La vieille, là-bas, qui hoche la tête sans arrêt. Si tu lui poses une question, elle te répond "Et pourquoi pas ?". Tout le monde pense qu'elle est complètement folle. Pourtant l'autre jour, elle a fini par me dire : "Pour moi, c'est mieux ici que dehors. Sinon, ça serait trop dur." Puis elle est ensuite repartie dans sa litanie : "Et pourquoi pas ?" Hier, ils ont emmené l'"acromégale" dans un autre centre. Demande l'adresse aux infirmiers, je lui enverrai une carte. »

Quand je lui parlais de sortie, elle évoquait ses entretiens avec son psychiatre. « Faut voir avec lui. » Mes visites se succédaient et ne se ressemblaient pas. Parfois, l'ambiance de ces lieux m'angoissait au point de trouver de fausses excuses pour manquer le rendez-vous suivant. Mais, lorsque l'état de Françoise s'améliorait un peu, je me surprenais à prendre un certain plaisir à rester. Plaisir de la voir, bien sûr, mais aussi de sortir de ma logique quotidienne, de rencontrer des gens vivant hors du temps. Moi qui passais ma vie à courir.

Un jour, Françoise me demanda de lui apporter de la Bétadine et des compresses pour sa voisine de chambre qui s'était entaillé les bras. D'après elle, le traitement de l'interne qui passait tous les deux jours était inadapté. Le lendemain, elle me réclama une pommade contre les mycoses pour une vieille femme aux pieds infectés. Une fois, je la surpris en pleine discussion avec la mère d'une jeune schizophrène qui lui demandait son avis sur le traitement de sa tension.

Un soir où le travail m'avait retenu, j'arrivai plus tard au pavillon numéro 8. J'attendis un long moment avant que l'infirmier antillais n'ouvre la porte. Il hurlait : « Nous avons une urgence et pas de médecin. L'interne est pris ailleurs. » Je le suivis en courant jusqu'à la chambre du fond, obstruée par un attroupement. Je fendis la foule. La femme rousse gisait sur le sol, la mousse aux lèvres.

« Elle est en état de mal épileptique, me cria Françoise qui se tenait à ses côtés et tentait de lui éviter une morsure de la langue. Et ce con d'infirmier refuse de lui faire un Valium sous prétexte que je ne suis qu'une malade. Ça fait vingt minutes qu'on attend l'interne de garde. Explique-lui que, même ici, je suis médecin. »

Je pris le soignant à part pour le convaincre d'agir, lui expliquant qu'il avait à sa disposition deux médecins, certes l'un malade et l'autre visiteur, mais qui n'en étaient pas moins diplômés et formés à l'urgence. Fatigué de lui fournir des justifications, je l'avertis qu'en cas de décès, il serait accusé de non-assistance à personne en danger. La menace porta et l'infirmier finit par s'exécuter. L'interne de garde arriva vingt minutes plus tard, confirma la prescription, non sans avoir rappelé qu'il était seul maître à bord. J'évitai d'entrer dans une polémique stérile, me contentant de le féliciter pour sa promptitude. La patiente fut dirigée vers un secteur de soins intensifs. L'affaire en resta là, mais Françoise acquit auprès de ses compagnons une aura indiscutable. Dès lors, ils l'appelèrent *Toubib*, et les jours suivants, ils furent nombreux à venir lui exposer leurs problèmes de santé.

« Même ici, ils viennent me faire chier », me dit-elle.

Cela faisait bien longtemps que je ne l'avais pas vue sourire. Pour la première fois, j'évoquai sérieusement sa sortie, à deux conditions : ne plus travailler quatorze heures par jour, et accepter deux jours de repos dans la semaine. Elle se contenta de me dire : « J'essayerai. »

Une semaine plus tard, le médecin chef me fit appeler :

« Je pense qu'elle peut quitter l'hôpital. Je lui ai préparé une lettre pour le Conseil de l'ordre des médecins. Ils ne manqueront pas de l'expertiser avant de l'autoriser à reprendre son activité. Mais nos confrères savent bien que nul n'est à l'abri des conséquences d'un deuil et d'un surmenage. Notre profession est dans le peloton de tête des suicides réussis. Pour la convalescence, je serais plus rassuré si elle passait quelque temps chez un ami. »

Françoise s'installa un mois à mon domicile. L'expertise l'autorisa à reprendre son activité. Progressivement au début, puis très vite, les journées s'allongèrent. Je lui en fis la remarque, mais elle ne changea rien à son rythme de travail.

Un mois plus tard, je questionnai un patient qu'elle m'adressait pour avis. Il me confirma que Françoise travaillait de nouveau avec frénésie. « Tout le monde sait qu'elle a été très malade, me dit-il. Elle devrait s'économiser. Nous aussi, nous avons besoin d'elle. »

Un soir où nous avions rendez-vous dans une brasserie du côté de la Bastille, elle arriva avec une demi-heure de retard, nerveuse, fatiguée. Elle détecta dans mon regard un reproche silencieux.

« Ne t'inquiète pas, me dit-elle. Je suis tes conseils : demain, je me repose. » Puis, avec son sourire provocateur : « Que veux-tu ? Je dois réparer ce que la nature a loupé, et tu le sais, la tâche est rude… » Elle redevint sérieuse et ajouta : « Avec la mort d'Éric, je me sens blessée à vie. Heureusement, mes malades me soignent. »

Dans la même collection

Alain Chopin
Flaubert est un blaireau
il la regarde

Hervé Hamon
La Diagonale du traître

Pierre Gardeil
Mon grand-père aussi avait un grand-père

Dominique Julien
Mordre la poussière

Profane Lulu
Manières douces

Christophe Paviot
Mélancolie de la masse critique
La guerre civile est déclarée

Michel Serres
Biogée

Sylvia Tabet
L'Atelier rouge

Dominique Louise Pélegrin
Le Rossignol Vainqueur

Denis Labayle
Rouge majeur
Noirs en blanc

Michel Treguer
le-septième-jour.net

Hervé Bellec
Si c'est ma femme, je suis pas là

Daniel Kerh
Victor Segalen et le Roi Dagobert

Véronique Beucler
La décadence et autres délices

Anne-Marie Cambon
Une destination légèrement incertaine

Françoise Gehannin
Tatiana Lafumette ou la guerre des branchés

Claire Fourier
Les Silences de la guerre
Dieu m'étonnera toujours

Fabien Maréchal
Nouvelles à ne pas y croire

Christel Diehl
Enola Game

Jérôme Enez-Vriad
Shuffle

Philippe Le Guillou
Guénolé ou le silence de l'Aulne

Christiane Frémont
Méprises

Ce livre est également disponible en version numérique grâce au code 2D suivant.

Décodez-le en le scannant avec votre téléphone mobile. Pour ce faire, sur *iPhone*, téléchargez préalablement et directement depuis l'*App Store* de votre téléphone *NeoReader*, une application gratuite et très simple à installer. Ensuite, photographiez le code et visionnez son contenu à l'écran grâce à *Stanza*, qui permet de lire des livres électroniques et de constituer une bibliothèque virtuelle.

Sur *Android*, vous pouvez utiliser un décodeur tel que *Barcode Scanner* et utiliser l'application *FBReader* pour lire le livret ainsi téléchargé.

Bien sûr vous pouvez aussi lire votre fichier sur votre tablette de lecture électronique telle que *Sony Reader* ou *Cybook*... Si votre téléphone n'est ni un *I-Phone*, ni un *Androïd*, ne soyez pas désespéré : tous les smartphones présentent la possibilité de télécharger une application de scan gratuite.

Il est également possible d'utiliser directement depuis votre ordinateur personnel le lien indiqué sous le code imprimé ci-contre (de forme http://edial...).

Nous vous souhaitons une agréable lecture.

http://edial.fr/R4v7MW

éditions dialogues
38, rue Voltaire - 29200 Brest

Achevé d'imprimer en mars 2013
sur les presses de Cloître Imprimeurs - Saint-Thonan
Mise en page : Des Signes - Brest

Dépôt légal 1er trimestre 2013
ISBN 978-2-918135-75-3